鵯《ひよ》が啼《な》く

目次

I

II

I

鵯《ひよ》が啼《な》く

いつだったか、地元の新聞社から、子どもの遊びについて書くのを頼まれたことがある。あまり準備も整ってなかったので十数回の連載には当然のことながら間違いもあり、いつかは書き直そうと思いつつも果たせないまま今日まで引きずっている。

でも、それはわたしにいろんなことを教えてくれた。

沖縄の人なら大抵《たいてい》の方が読んでいる二つ三つのもの以外に、あまり読まれていない「こども風土記」も読むことになり、それなりの収穫はあったからだ。柳田國男は単に民俗学の大家というだけでなく、文章そのものの巨人である。しばらくしてわたしは彼の「山の人生」のとりこになった。

それから十数年後に違ったかたちで出会う。小林秀雄の講演「信ずることと考えること」に柳田國男のことがでてくる。この話はわたしにとって興味深く、いつも新鮮なものを与えてくれるので繰り返し聴いている。

十四歳の少年、柳田國男が布川《ふかわ》（茨城県）の兄のところへあずけられていたときのことだが、近所に小川という旧家が在《あ》り、本がいっぱいあった。身体《からだ》が悪くて学校へ行けなかった彼はそこで本ばかり読み耽《ふけ》っていた。

そこの奥の土蔵の前の庭には樹が、二、三本生え、石で造った小さな祠《ほこら》があった。彼がそのことを訊《たず》ねると、おばあさんを祀《まつ》ってあるということだった。

誰にも経験のあることと思うが、彼もまた子ども心にもその中に何があるのか見たくて見たくてしょうがない。とうとうある日のこと石の祠を開けて見る。すると、ちょうど握り拳《こぶし》くらいの蝋石《ろうせき》が入っている。つるつるしたそれは実に美しい珠《たま》だった。ところがたちまち彼は奇妙な感じに襲われしゃがんでしまう。やがて得も言われぬ気持ちになり、ふうっと空を見上げる。すると、よく晴れた春の空にいっぱいの星が見える。

そのころ天文学やいろんな本を読んでいた彼は、いまごろそんな星があるはずない、おかしいと考えながらも、妖しいものにつつまれたままだった。そのとき、辺りの静けさを切り裂くように鵯《ひよ》がビョーと鋭く啼《な》き、彼は我に返る。

たったそれだけのことだが、彼は後にこう回想する。

もしも鵯が啼かなかったらわたしは発狂していただろう……そのあと生活の苦労を強いられなければならなくなったが、けれど、そのためにわたしは救われたのである……と。

むろん、これは小林秀雄の話をとおしてのことである。

そこで小林秀雄は柳田國男という人が解《わか》ったと言い、そんな神経を持ったものでなければ民俗学はできない、柳田國男の学問の秘密というものはその感受性にあるのだと語りかけ、それから中風で死んでいった、あの、おばあさんのことにおよぶ。

寝込んでいたおばあさんがいつも身体を磨いていたその蝋石の珠を、お孫さんがお祀りするときにいちばん記念になるものとして祠に入れることにした、というのを後で知らされる。そんなことから、妖しい気持ちになったのはおばあさんの霊《たま》が柳田少年にはみえたからだとたたみかけていく——。

こんな話にはっとしないだろうか。

人はみな親しいものの霊《たま》を抱えたまま生きている。それは想い出すときにやってくる。どこかにふわふわしているというわけではない。自分自身のなかにあるものなのだ。

わたしはその文章をどうしてもたどってみたくて全集を求め、あたってみたが見あたらなかった。八十三歳の柳田國男が一九五八（昭和三十五）年一月から九月まで、神戸新聞に口述筆記で連載して、一九五九年、のじぎく文庫から刊行された『故郷七十年』は何故か収録されてない。

しかしわたしには、いつか読まなければならない本である。

ロビンソン・クルーソー

時を隔《へだ》てて、忘れていた本とめぐり合い、ふたたび新たにくりひろげられる景色に驚かされることがある。

子どものころ、学校の近くに琉米文化会館が在《あ》ったことから、立ち寄ってはディズニーのアニメや保健予防の映画を観ての帰り道、上質紙で刷られた『守礼の光』で紙テッポウをつくり、競いながら鳴らしたりした。本とはまるで無縁であったが、小学四年生のときに子ども向け名作の数々にふれる機会に恵まれた。たぶん、『講談社・世界名作全集』の類《たぐい》だったと記憶している。なかでも『ロビンソン漂流記』は忘れがたい。夢中に読みふけったものだ。

それから十数年経《た》ち、社会人となった二十三歳のときにそれが出版されているのを知り、懐かしさのあまり買い求めたが読まずじまいでずっと本棚でホコリを被ったままのものを最近、思い出したように読んでみて、共感を呼ばずにはいられなかった。『ロビンソン・クルーソー』、上巻「ロビンソン・クルーソーの生涯と冒険」、下巻は「ロビンソン・クルーソーその後の冒険」である。

多くの方が少年少女のころに胸踊らせ、興奮して読んだのは上巻のダイジェストである。父の忠告に反抗して出奔《しゅっぽん》、航海、孤島に漂着。悲しみ、苦しみ、呪い、祈り、喜びの日々を送り、回心。富を獲得の後、二十八年目にして囚われの境涯の孤島から脱出。下巻では再び、航海に出て、自らのいた島の状況を観察し東洋に周り、支那を見、万里の長城を越えシベリアを横断して帰国する。

ところが興味をそそられるのは、やはり、上巻の孤島におけるロビンソンの生活描写である。工作人、経済人としてのロビンソンの人間像が躍如している。孤島においてただ一人、営々として働き、生きていくロビンソンに魅せられる。そのような原型的な人間の行動は読者を引きつけて離さないものがある。なかでも重要なことは父の忠告に反抗して出奔したという〈原罪〉に苛《さいな》まれるロビンソンの宗教人としての性格が首を傾げるほど読みとれ、クロムウェルらの清教徒革命前後から十八世紀前半にかけてのイギリス人の神との関わりなどを含めて当時の精神的風土を知ることができ、興味尽きないものがある。それがこの作品のキリスト教寓話の特色を示すといわれる所以《ゆえん》でもあろう。

これは作者デフォーが「物語でなく歴史である」といったのがうなずけるほど一気に読ませ、フィクションであることを忘れさせる。自らの実生活も波乱に満ちたものであったデフォーが『反省録』で、にぎやかな文明社会ロンドンの街にあって「私が現在享受している孤独はロビンソンのそれ以上だ」と心情を吐露したというのが今日のわたしたちになぜが、寂寥《せきりょう》の極みを与えないではおかない。意外と知られてなく、また読まれないのが古典の運命であると言ってもいいが、しかし「古典に眼を向けよ」という先人の教訓的な言葉はいつも有効である。

マークトウェンは『トム・ソーヤー』や『ハックルベリ・フィン』を大人のみに読まれるものだと考えていたように、イギリス小説成立期の重要な作品『ロビンソン・クルーソー』も大人のための、それも人生の体験を充分につんだ大人の作品である。他にも翻訳がないわけではないが、平井正穂訳『ロビンソン・クルーソー』（岩波文庫）全二冊をお薦めする。

はるかな町

ラジオのスイッチを押すと、

――過ぎていった日々。そのなかで、わたしにとって大事だったことを、わたしが愛していたことを、これからひとつひとつ、書きつけていきたいと思う。そのころ、今よりもはるかに新鮮に世界を感じることのできる少年だった。その、痩《や》せて、眼ばかり大きかった少年に登場してもらおう。おぼえていることは、わたしを作ったこと、わたしが自分の一部にすることを許したことだ。その少年は左足が不具で貧しくて飢えていたが――と男の朗読がながれてくる。

しばらくハンドルを握ったまま聴いていた。

それは、わたしがとうに忘れてしまっていることを、小さな話にまとめていたもので、プロローグの途中だった。翌日からわたしは、午前十一時三十分に始まるＮＨＫの「私の本棚」を待ちわびる。むせかえる草いきれにオオゴマダラのゆるやかな翅《はね》のうごき、タバコの花は微風にゆれ、鼓膜を震わすクサゼミがいっせい鳴きだしていた季節に、三木卓《みきたく》『はるかな町』との出会いがはじまった。やっと素直に感応できる文章に巡り合えた気がして、しばらく経《た》って水色のその本を求め、くりかえし、くりかえし、読みおえると、つぎつぎ同じ著者の作品へとたどりはじめた。

そんな体験のもたらす当然の成り行きとして、小説のようなものを書き出し、同人誌のメンバーに加わる。

そのころ、新城兵一《しんじょうたけかず》さん仲間昇《なかまのぼる》さんらが八重山に転勤していたこともあって、迎里勝弘《むかいさとかつひろ》とわたしの四人でいつも酒を飲んだりした。

ある日のこと、いかにも文学青年という風貌の迎里勝弘が母校の文芸クラブの生徒たちへ文学論をぶちまけて来たと話していた数日後に、愛くるしい瞳の少女から一輪のバラを捧げられ、わたしたちの笑いを誘ったが、当人はいたって真面目《まじめ》だった。仲間のうちではわたしだけが結婚していて子どももいた。世間の常識からすればそういうものから遠ざかっているはずなのに、わたしの場合はまったくの逆だった。

三木卓は戦後生まれのわたしより十三歳上で、幼年期を旧植民地の満州で過ごし、小学四年という人生の危うい時期に新京で敗戦を迎えている。小児マヒで不自由になった片足を引きずる彼の、小動物や微細なものにそそぐ優しい眼差しと、宇宙のファンタジックな世界へと触手をのばす柔らかな感受性にわたしは人間の姿をみる思いがした。

喜びと不安に苛《さいな》まされる少年の日の輝きと苦痛、あるいは青春への期待や戦《おのの》きと哀傷を、詩的な文体で微視的、巨視的に綴っていく。それらは単なる私小説ではなく、作品をとおして少年だったあのころの自分とふたたび真摯《しんし》に向かい合うことで、自己の持つ生の意味のありようを絶えず確認しようとしていた。

わたしはそんな彼の描く作品のどれもが好きだった。

それが、いつの間にかストーリー展開の巧みなものへと好みが移り、彼の作品から遠ざかってしまったが、ときおり思い出しては『はるかな町』を本棚から抜き出し、三十数編であまれているなかの「プロローグ」「おもどりさん」「闇の匂い」「下駄を彫るひと」「口を利かない子」「再会」「少女たち」「さよならの少年たち」を懐かしく読んでいてエピローグの、

――ごらん。自転車の少年はゆっくりと遠ざかっていく。かれに黄金の光はしだいにとどかなくなっていく。自転車の少年はきちんと正面を向き、ハンドルを握りしめながらしめっぽい闇のなかへすべりこんでいく――というくだりへたどり着くと、いつも、その本と出会った十八年前の記憶

から、高校時代、さらに自分の育った町での少年のころへと遡《さかのぼ》り、胸がしめつけられる。

鼻血にまつわる話

エレキサウンドのながれる国際通りをミニスカートの子たちが行き交い、教公二法反対を叫ぶ車がスピーカーのボリュウムをいっぱいにして通り過ぎる。

街は騒然としていた。

わたしは就職したばかりだったが、松尾のある親戚宅の二階に身を寄せていた。

そのころ、激しく動いたり、晩《おそ》くまで起きるときまって鼻血がでた。しばらく忘れていた厄介なものが再発したのだった。何ヵ所かの病院へ通っていたのだが思わしくなかった。心配した母は無い金を工面して、那覇へと送り出してくれた。

そんな状態のとき人間は弱いものである。

わたしはかなり落ち込んでいた。車の中で親戚のものが励ましてくれたが、何を言ってくれてもムダで、治るのだろうか、という不安だけが重くのしかかっていた。歯科医院の隣にある家へと着いてからというもの、テレビの前から動かなかった。家のものが仕事で留守のときはトンボの羽根に似た室内用アンテナをたたみ、二階の部屋へテレビを持ち込んだ。放送開始から終了まで観ながら「何もかも奴《やつ》のせいだ。許さない……」という同じ言葉が絶えず頭の中を駆けめぐっていた。

高校二年のときのことである。

任侠映画を観ての帰り、ある男に暗がりに引きずり込まれ、理由もなく顔面を連打されたのが原因で、鼻血が出るようになった。

それからというもの、鼻の奥からつーっと鼻孔をつたわり、ノートや答案用紙にぽたぽた落ちる。まるで予期せぬときに降られる雨のようにわたしを悩ませた。シャツの胸もとはいつも鼻血で染みになっていた。その度に相手の顔が浮かび腹立たしかった。

そんなことを思い出していると、大学に入ったばかりの友人が訪ねてきた。彼の胸ポケットには洋モクが顔をのぞかせている。わたしはポニーを吸っていた。入学して数カ月なのにもう学園生活をエンジョイしている。口調もうちなーぐちに染まりはじめている。彼がとても羨ましかった。

空気を入れ換えるため立ち上がったわたしはドキッとした。歯科医院のベランダに目の覚めるような笑顔の子がこちらを見ている。突っ立ったままのわたしへ言葉を送ってくる。正直そうな人柄を思わせ、あどけなくて愛らしく、彼女の唇からこぼれる言葉はまるで上質の音楽のように耳に心地よく響いた。まさに新鮮な蕾《つぼみ》で青い果実そのものだった。たちまち興奮する。振り向き友人の顔を見ると彼も口を開けたまま見とれている。

わたしは病院へ通いながらも始終彼女のことを思った。その日から友人は大した用事もないのにきまった時間になると現れる。

ベランダ越しに話し合っているうち、彼女はとうとうわたしたちのところへ遊びにやってきた。笑うと、歯並びが真新しいピアノの鍵盤のようで素敵な女優とダブったりした。彼女の唇から愛を囁《ささや》かれ、甘く抱擁されるのを想像しただけでとろけるような気分になったりした。

だが、数日後、血相を変えた彼が息も切れぎれに話した。

こういうことだった。わたしたちが最大の魅力として褒《ほ》め讃《たた》えた歯が実は入れ歯であるという。なんでも本物と見分けのつかない最高のものだともいう。

まるで信じられないことを聞かされ言葉を失ってしまった。彼女の美しさに酔いしれたわたしたちの思いが一瞬にして崩れてしまった。

その夜から、彼女の枕元の入れ歯がベランダを越えわたしの部屋を浮遊する夢にうなされながらも、なんとか鼻の治療を済《す》ませ帰ることとなった。

別れの言葉は告げずじまいだった。

泊港《とまりこう》の埠頭から乗船するとき、黒人の運転するジープからカスケイズの歌がながれ感傷を誘われたのを覚えている。

かれこれ二十三年まえのことであるが、その後十四年ほど経《た》って鼻血の原因であるチンピラになった男は諍《いさか》いがもとで腹部を刺され重傷を負った。

因果応報《いんがおうほう》とはよくいったものだ。

けれどもわたしはそのためにわずかではあったが、夢のような時間を享受できたことになる。

髭《ひげ》

『アンナ・カレーニナ』を読みかけのころ、ちょうど丸映館で上映されていたので観に行ったことがある。

これは一九三六（昭和十一）年、一九四八（昭和二三）年、一九六八（昭和四三）年と、『戦争と平和』とならんで何度か映画化されてきている。

しかしわたしの観た両作品はどれもが大したものではなかったように思う。どうしても映画化したいという監督の意気込みは分からないでもないが、やはりトルストイは文学として味わうべきもので、映画にするとストーリーだけが全面に出てしまい、その背後にひそむ深い人生の味わいというものが失われ、見慣れたテレビドラマの荒っぽい筋運びのような感じになってしまう。

当然のこと、ヒロインのアンナ役はそのときどきの美女が演じてきていることがわかる。

一作目はグレタ・ガルボ、二作目はヴィヴィアン・リーとそれぞれがアンナを演じている。わたしは三作目、ソ連のタチアナ・サモイロワのものをリアルタイムで観たわけだが、そのころ洋画に出てくる女優にしか関心が無かった。無理もない。今では五十を過ぎているわたしもそのころは二十一歳の獣《けもの》じみた若者だった。

誰もが知っているはずだが、物語の主人公である既婚者のアンナには一人息子がいて、愛の無い乾ききった生活を送っている。そんなアンナが、ある日、ペテルスブルグ駅で出会った貴公子と激しい恋に落ちる。やがて二人は駆け落ちをして、愛《いと》し子をもうけることになるが、許されざる恋と罪の悔恨や嫉妬に耐えきれず、初めて出会った思い出の駅の線路へ身を投げ、悲惨な生涯を閉じる。

そのような悲恋ものだから、北欧の神秘のベールをまとった女性グレタ・ガルボ、スカーレット・オハラのはまり役で一躍世紀の大女優にのし上がったヴィヴィアン・リー、といずれも人気絶頂スターたちの起用。スクリーンいっぱいにくりひろげられる表情のアップ。愛の囁《ささや》き。多彩な変化をみせる瞳。顔と顔。口もとを近づけてのシーンに目が奪われるのは言うまでもない。ところがわたしはこのアンナ役のタチアナ・サモイロワがスクリーンに映し出されると、「あい」「あい！」、「あっさヨー！」「おい、いっくらなんでも本気かぁ」、「なぜ?」「どうして……」と、目を瞬《しばたた》き、眉をひそめ、胸を痛めながら、とうとう最後まで落ち着かなくて楽しむどころではなかったのだ。どういうことかというと、このタチアナ・サモイロワの鼻の下にヒゲが生えていたのだ。生毛《うぶげ》というにはあまりにも濃すぎるほどのヒゲが……。

嘘ではない。

そんなことで、小便臭い映画館を後にし、夜香花の香りにつつまれながら歩いていてもスッキリしないものを引きずっていた。

時が経《た》ってもわたしのなかで同じ時をくりかえし刻みはじめる。

あの、薄い、たくさんのフィルムのコマが、頭の中で、宇宙の塵《ちり》のごとく惑星の周りをさびしく漂う感じは映画ファンにしか解からないかもしれない。

ところが映画を観てから十五年くらい経ったころ、映画評論家の猪俣勝人がそのことにふれていたのでやはり他の人も気になっていたのだと知り、ほっとしたものだった。

こういう文章だった。

ソ連を訪ねた彼がソヴィエト映画作家同盟のカラガノフ書記長に、なぜ彼女はヒゲを剃らなかったのか、と訊ねるとその問い掛けに〈当時のロシアでは、地方貴族、即、地主階級であって、いわゆる貴族という言葉のもつ宮殿の奥深く優雅に暮らす人ではなかった。つまり大地に逞《たくま》しく生活する農民の頭目のようなもので、したがって美人薄命というような概念は当時のロシアにはまったくない。アンナもまたそういう意味では逞しいロシア農民の伝統の中に生まれ育った美女なのだ……〉と。

だからといって簡単に納得できるものではなかったが、そういうふうに言われてみればいくらか頷《うなず》けるものがありはした。

それは、成熟した大人をも充分に満足させる『戦争と平和』でのことだった。スケールの大きさと安定性。バルザックの社会全体をリアリズムで小説の中に再現するという試みがトルストイの場合、この一作で実現されている。そのなかでどんな美女にも鼻の下にヒゲが生えている、というのを描写している。

確かに、社交界の美女をこんなふうにしっかりと描いたくだりがある。

〈「でも、舞踏会はたいへんりっぱだということでございますよ」と侯爵婦人は、薄い口ひげのあるくちびるをそらしながら、答えた。〉

小説でのことならそれはそれでいいだろう。

だが、なにも映画にまで用いなくともよい。

逞しいロシア農民の伝統の中に生まれ育った美女だからともっともらしく応えるのなら、脛毛《すねげ》もそのままでやるといい。

わたしを十五年、いや、それ以上悩ませたあの口ヒゲ……。横っ面を張り飛ばしてやりたかった監督のレオニードー・カラシコフ。たまらなくなってスクリーンへ飛び込みヒゲを剃ってあげたかった、あの哀れなタチアナ・サモイロワ……。

今でも健在だろうか……。

これからも頑《かたく》なに、自国にしか通用しない物の考え方で、口ヒゲを生やさせた女性を出演させ、再び、あの『アンナ・カレーニナ』を撮《と》ることはあり得るのだろうか。

語りかけるもの

正月、それは誰でも何かしら新しい気分になれたり、家族と交わることのできる便利な休日で、昨日までの慌ただしさがまるで嘘のような日だ。

年の瀬も押し迫ったある日、何するともなく縁側に腰掛けたまま陽《ひ》に当たり、塀越しの空き地に生えているマーガレットに似た花を眺めながらぼんやり時間を過ごしていた。

大きな声では言えないが、暮れに四十歳になってしまった。何もしないままに、というのが正直な気持ちだった。これまで働いてきた年月より、残された時間のほうが短いのに気づく。ただ茫然と立ち尽くしている心もとない自分の姿が目に浮かぶ。

思えば戦後のベビーブームに産まれた〝団塊の世代〟であるわたしたちは様々な社会的問題を巻き起こし、波紋を投げかけてきた。

巨《おお》きなものに抵抗して、ヘルメットを被り角棒を振り回し、口々に変革を叫び、連帯を呼びかける歌を唄っていたデモに渦巻く青春の日々。あの熱い思いは何処《どこ》へいったのだろう。予測しえなかった、急激な経済成長の波がそれらを根こそぎにしていったのだろうか。それとも運動のあり方に問題があったのだろうか。

今ではわたしたち世代の誰もがミドゥルだと思い、酒場でカラオケを上手《うま》く歌い、適当に自分を誤魔化して生きているのではないか。まるで熟れないままにもぎ取られた果実に似てなくもない。そんな季節をくぐり抜けて来たことが遠い昔のことのようで、何だこんなことだったのか、と情けなくなってしまったりする。

だが、違うこともある。

ソウルオリンピックの直後、韓国の学生たちのとった行動をテレビで見ていて、思わず拍手を送ってしまった。

なにやら、大切にしていた夢が壊れかけていた矢先のことだけに爽快な気分であった。

冬の陽差しを受け、佇んでいると、自分の中でこれまでのことがビデオの巻き戻しや早送りのように、無意識のままただ繰り返され、色彩がそがれていく。

白いちいさな花を咲かせているハイアワユキセンダンソウの花びらの一枚一枚がほそく風にゆれている。一年生または多年生草本でキク科にふさわしく、近づくとほんのり菊の香りをただよわせる。

自然暦や歳時記などにはまだ顔を出さないが、よくよく見ると、少女のような愛くるしさをもった花である。

道端に生えているのでたやすく見かけることができる。野山を散策したときなど衣服に一センチほどの細長い黒い種子が付いていた記憶があるはずだ。触れるとはらはら種子のこぼれる、その草のことである。あるいはその仲間である、と言ったほうがいいのか。この、北アメリカ原産の帰化植物はコセンダングサの変種で刈り取ったあと放っておくと茎から根を張り、芽吹き、やがて花をつける。可憐な花の姿からは想像することも出来ないほど、したたかさをもった草である。

一見、名も無いような植物でも近づくと語りかけてくる。

わたしたちの世代もこれから、それぞれが社会の機構のなかに組み込まれていくことだろう。しかし、自分自身を見失わず、納得のいく生き方していきたいものだとつくづく思う。誰でもない、たくましく生きることを草花はさり気なく教えてくれる。

八重山文学活動（小説）の軌跡――『座標』同人を中心に――

八重山は沖縄本島に比べ戦災被害が少なかったことから、戦後いち早く表現活動が活発に行われた。そのことは、今に残る『八重山文化』『若い人』『みどり』などを初めとする数多くの活版印刷による総合誌がものがたる。

敗戦直後の八重山は、本土や台湾から引き揚げてきた人々のなかに文学に携わった方たちがいたこともあってか、荒廃した社会のなかで文芸活動が開始された。戦前本土で華々しい活躍をした地元出身の伊波南哲《いはなんてつ》も、そのころは八重山群島政府の社会教育課長となり一時期滞在していた。戯曲や現代民話、それに愛唱されている八重山高校第一行進曲などを手掛け、小説では『若い人』（喜友名英文・主宰）六号に「熊手」を残した。新聞による作品発表では、喜友名英文《きゆうなえいぶん》の「シサイホーハー物語」が一九五六（昭和三一）年の八重山毎日新聞に連載されたりもするが、その後目ぼしいものは見あたらない。

文学の状況からみればまったくの無風状態がつづくが、沖縄の政治情勢は激しいうねりを見せはじめていた。一九五六年六月九日、アメリカ民政符から沖縄米軍基地に関するプライス勧告が発表され、島ぐるみの反対運動に高まる。それら一連の動きに文学するものとて無縁ではなかったはずである。世の中はしだいに政治の季節に突入し始める。

しかし、いつの時代にもそんな時に何かが芽生えてくる。彼ら二十歳を過ぎたばかりの若者が八年間におけるブランクを破り、『座標』という同人誌を世に出す。一九六四（昭和三九）年、東京オリンピックを数カ月後にひかえた初夏のことである。

ここから八重山における本格的な創作活動がスタートする、といってもいいだろう。編集責任者は新垣義昭《あらかきよしあき》であった。

創刊号の目次を見ると、小説のほかに詩や随想記録、生活日誌、論文などがあり、同人メンバーも森夏子・天野時雨・横野多喜夫・石森戸四男・里塚点晴・浄瑠璃仙人・荒垣互常と多彩なものである。

二号は一九六六（昭和四一）年で、端本青秋・石森戸志夫・世持二厳・荒垣義昭・比田美弧・あらかきよしあき。三号はそれぞれが島外転出のため十一年を経て、一九七七（昭和五二）年に石盛戸志夫・新垣余子秋・矢山剛夕で、那覇で発行している。

その間にベトナム戦争や学園紛争・万国博・沖縄施政権返還（本土復帰）・ドルショック・ベトナム和平協定調印式・ウォーターゲート事件でニクソン米大統領の辞任・沖縄海洋博開催・ロッキード事件での田中角栄の逮捕などが起きている。

四号は同人の二人が郷里に戻り、七年後の一九八四（昭和五九）年四月二十日に島村佳男・新垣義昭・石盛戸志夫で充実したものとなる。さらに五号はその年の十一月一日で、石盛戸志夫・島村佳男・新垣義昭が発表していて内容は小説だけになっている。

それから一年おいて一九八五（昭和六〇）年の四月十日に六号を新垣義昭・石盛戸志夫・世持二厳、という三人で小説を発表。創刊号からすると二十一年経ち、ずいぶん先細ってきたように思われるが、実は最初から硯友社《けんゆうしゃ》ばりのいろんなペンネームを使って二、三名の同人でスタートしていた。

まぎらわしいので整理をしてみる。

森夏子・里塚点晴・横野多喜夫・石森戸志夫・石盛戸志夫（石盛利男《いしもりとしお》）、天野時雨・浄瑠璃仙人・荒垣互常・荒垣義昭・あらかきよしあき・新垣余子秋（新垣義昭《あらかきよしあき》）、端本青秋・世持二厳・比田美弧・矢山剛夕・島村佳男（世持二厳《よもちじげん》）、となっていて驚かされたりもする。

読んだとき混乱させられたことがあったので、いつかハッキリさせてみたいと思ったものだ。発表された作品（小説）には「昼と顔」「造花の夏」「湿地帯より」「天泣」「一切空」（石盛利男）、「蜘蛛のいる風景」「岬」（新垣義昭）、「ゆるせいつの日か」「降る雪に」「古井戸」「暁闇」「寒村異聞」（世持二厳）などがあり、「一切空」（六号）からは当時の同人たちのことがある程度うかがえる。

六号を発行してから、かれこれ九年が経っているので、彼ら同人メンバーのほとんどが五十三、四歳になっているはずだ。その間、わたしたちの同人誌『薔薇薔薇《ばらばら》』も十四号（一九八八年）

で停滞していて六年になる。

ほかには、東京の『じくうち』に加わっていたとき数多くの作品を残している上江洲儀正《うえずよしまさ》、また一九八九（平成一）年に出た個人誌『環礁』（砂川哲雄・主宰）、同人誌『邂逅』（発行人・八重洋一郎（糸数用一）・村上龍太郎・佐久間長昭＋世話人・宮良直充）にもそれぞれ小説が載っている。

これまでの出版に関しては、一九六八（昭和四八）年屋嘉部久美子《やかぶくみこ》の「憑かれた口笛」、一九八二（昭和五七）年仲若直子の「海はしる」、一九八八（昭和六三）年迎里勝弘の「大将が死んだ」がある。

なお、島外で活躍している八重山出身者では津野創一（惜しくも亡くなった）・小浜清志・崎山多美・世持二厳・後多田八生《しいただやよい》・いしみね剛《つよし》（石嶺剛）・池上永一などがいる。

八重山における文学活動の歩みを見る場合、どうしても同人誌をたどる以外ないことから、そのような視点で捉えなおすと『薔薇薔薇』以前の『座標』の存在にはやはり大きいものがある。現在でも三人の同人たちは各自の創作活動を止めてはいない。

石盛さんとのこと――句集『逆光』に寄せて――

緋寒桜《ひかんざくら》が満開になりかけようとする二月五日の昼過ぎ、石盛さんが二冊目の句集を届けてくれる。

わたしは彼がふたたび訪れるまでに目を通しはじめる。わからないなりにも自分の好きなもの、感じるものに付箋《ふせんし》を貼る。

九時四十分、彼がわたしの仕事場へ来る。躊躇《ためら》いながらもわたしは彼の前で声を出して読み上げる。

冬蝶の骨組み透けて美しき
冬蝶の遊び疲れし陽気かな
アカハチの仇を討てとよ椿咲く
おでんつつき善からぬ事を謀つている
ひとり者座りてぽろと豆を撒く

夕焼けを走りゆきたるやせ犬よ
八重山のヒジュルー抱かな熱帯夜
山羊喰ひて鳳凰木の下に佇つ
白き顔の女出てこい赤とんぼ
海月と泳ぐ失楽園は頭上にあり
飛ぶ蟻と歩く蟻とを見てをりぬ
冬蝶に命のひかり射しにけり
玉砕けたちまち冬の星座なり
冬の蝶一ぴきなれば花のあり
冬の翅瞭らかに広げ飛ぶ
残り鴨一羽の子鴨育てをり
希望とは命の涯の荒野のバラ

美崎町へと向かう道すがら、いろんなことが脳裏を掠める。

十年前の四月のことで、同人誌『座標』四号が発行されたばかりだった。

わたしが高校一年の年に創刊号が、三年のときに二号がでている。そのころ「御三家」やエレキギターに夢中でそんなものが出ていたとは分からなかった。読んだものでは新聞に載っていた瀬名《せな》波長宣《はちょうせん》の「茶柱」という随筆だけがのこっている。

わたしたちの『薔薇薔薇』は十一号のあと二年間も出ずじまいだった。石盛さんの「湿地帯より」という三十枚の小説を読み、会って話がしたい、と告げると、酒場での文学談義はあまり好きでない、とかえってきたが、しばらく間を置いて、もう一人の同人と相談して折り返し返事する、といった。受話器の向こうから聞こえてくる声は茅《かや》の花が風になぶられている感じだった。

同人名の住所・電話番号まで明記しているにしてはおかしなものだとおもっていると、二十分も経たないうちに二人が来る。早い。

カウンターに腰掛ける。連れの方は新垣さんで、蔵書印の押された『座標』のバックナンバーを持参している。新垣さんとは一度会っていた。

文化会館での講演会のあと鳳凰木《ほうおうぼく》の下で奥さんから紹介してもらったが、一言も喋らないので変な気持ちにさせられていた。

同人誌の奥付で、三十六のわたしより上というのを知っていた。二人とも独特の風貌をそなえた大人で身ごなしが違っていた。皮ジャンを脱がせば引き締まった身体《からだ》の想像できる石盛さんは座標同人の名刺を差し出し、驚かせると、静かな口調で「古酒をお猪口《ちょこ》で貰いましょう」という。どんな話から切り出そうかと思案しながら酒を飲む。相手もおなじことを考えているようだ。有線からの演歌だけがやたら響く。これまで喋っていたスナック〈逢謡〉の和子さんも気まずくなったのか隅のほうで帳簿をめくりはじめる。そんな日に限って客は来ない。ときおり泥酔した男がドアを開けると、和子さんは「今日は貸切りですから……」と断る。

二人に挟まれて、渡された『座標』のなかから三号をめくり、「風音」とタイトルのついた三十ちかくの句を読み、石盛さんは俳句も作っているのかと思っただけで、何を話したか覚えてない。いや、わたしたちは〈逢謡〉のカウンターでカラスのように並んだまま何も話さなかった。

そんな出会いであったが、その後は月に二、三回の割合で飲み交わすことになる。

これまで誘われても気乗りしなかった十八番街にも足を運ぶ。話すことが無いときはカラオケを唄った。石盛さんは「あざみの歌」しか知らず、般若心経を唱えるように唄っていた。そんなこともあって、『逆光』に収められている〈酔えば唄ふ「あざみの歌」の男かな〉〈むなしさは十八番街の夏の朝〉のような句にも個人的な思い入れがある。

どんな創作の分野でも仲間を求め合うように、わたしも二人を必要とした。彼たちもそうであったと願いたい。持続していく、ということはいつの時代においてもそんなものかもしれない。

付合いを続けてくると、話さなくとも言葉の端々をつなぎ合わせ、相手のこれまで辿ってきた道のりが分かる。たぶん、わたしとの出会いのころの石盛さんは辛い時期だったと思う。「湿地帯より」もそれを窺《うかが》わせるもので、生活という湿地のイメージと台所の窓から見える唐辛子《とうがらし》の赤く燃え立つ色が絡まり、読むものに深い印象を残す作品だった。後にあることがきっかけで上林《かんばやし》暁《あかつき》の「野」を読んだわたしは、その作品を再度読み返したものだった。名刺のことにしても、わたしも三年ほどまえ、必要に迫られて似たようなものを印刷所に働く新垣さんに刷らせた経験があるので理解できた。

数年前から石盛さんは再び俳句を始めた。なにやら、突き抜けていこうとする意思と覚悟のほどが感じられる。もう、小説は書かなくてもいいだろう。わたしにとっては寂しいことだが、それでいい。

様々なことを思い出しながら〈七福神〉という居酒屋に入ってビールで乾杯する。わたしは心のなかで（これからもっと大きなものになれますよ）とつぶやき、勝手に石盛さんの句を頭の中でならべてみる。

冬蝶の翅瞭らかに広げ飛ぶ
冬の蝶一ぴきなれば花のあり
冬蝶の遊び疲れし陽気かな
冬蝶の骨組み透けて美しき
冬蝶に命のひかり射しにけり

ポニーのころ

けむりをぼんやり眺めたりしてゆっくり仕事にかかりはじめる。

このところタバコを喫っている時間のほうがながい。

わたしがタバコをくわえだしたのは十九歳のころからだ。美濃部亮吉《みのべりょうきち》が都知事に当選したり、吉田茂が亡くなったりしていて、街ではミニスカートなどがはやっていた。エアーアメリカにかわって南西航空の就航とか、ＯＨＫのテレビ局が開局した年でもある。

わたしはいつもポニーを胸のポケットに入れていた。高校二年の夏に、オリエンタル煙草から発売されたタバコだった。覚えやすい名前、絵筆で書いたような赤い四文字英字、それに仔馬《こうま》のデザインが可愛らしかった。

そのころ、テレビアンテナの取り付けで屋根に上がる毎日のためか、仕事が退《ひ》けると酒場に出入りしていて、与那国出身の女性と知り合いになった。夏の盛りの汗のべとつく夜で、数台の扇風機が首を振り、ジュークボックスは鼓動のような低音を響かせていた。彼女はわたしの安いウイスキーを水のようにあおってはくだを巻いたりしたが、妙に男を勇気づけるものをもっていた。ある夜、彼女は与那国の謡《うた》を無理やり覚えさせ、コザへと旅立ってしまった。あまりにも突然だったので、わたしにとってはそれこそ酒場のネオンがすべて消えてしまったような寂しさだった。

そんなことがあって、気分を変えるため「エース」や「アロー」それに「さわやか」という琉煙や沖煙のものを喫ってはみたが、やはり「ポニー」を手にしていた。

沖縄が本土へ復帰をした後は、「セブンスター」「マイルドセブン」「マイルドセブン・ライト」などとスマートな軽さをひたすら求めてきたが、タバコを喫いはじめたころを思い出すとなぜか、大柄でムチッとして、とても美人とはいいがたかった彼女の顔が浮かんでくる。

風の歌を聴く

いつものように朝の街を歩いていた。

木造の黒っぽい建物の前を通ると、二階にまだ明かりが灯っている。

通り過ぎようとしたが立ち止まり、道路沿いにある花壇からの、小石を投げつける。窓を外れ壁に当たった小石は転がってきた。

　しばらく見上げていたが、窓枠には、天井から垂れたコードに白い皿のような傘の下で白熱球が眠たそうにぼんやり光を放っているだけだった。足もとの小石をもう一度投げようとして背後の気配に振り向くと、新聞配達の女の子がぽかんとした顔でわたしを見ていた。

　寝不足の街をあるく。消防署の遠望塔の下に巣くったままのツバメは囀《さえず》りながら旋回している。

　空き地になった国際館跡辺りの路を西へまっすぐいくとブロック塀に石敢當《いしがんとう》が嵌《は》め込まれ、そこを右へ折れ、すこし歩いて左に曲がると、御嶽《オン》の鳥居が目に入る。

　路は遠慮がちに御嶽の左寄りにゆるくまわっていく。

　遅れて土の中から這いだし、羽化したセミが気恥ずかしげに鳴きだす。まばらだ。七月も終わりにちかい。

　ヤラボの樹が御嶽を覆っている。高校生のときまではそれほど感じなかった樹木が目を見張るかなりの成長ぶりだ。思わず帽子をとり、仰ぎ見る。濃い緑のあいだにまあるい青緑の実がたくさんついている。

　佇《たたず》んでいると、枝がのびてきて頭を撫でてくれそうで、大きな屋敷の赤瓦の家に住んでいて月夜の晩に井戸のそばのサガリバナの下で石のようにまるくなり物思いにひたっていた、ある老婆を思い出す。

境内《けいだい》の朽葉のにおいは失せ、緑のかおりがふりそそぎ、梢《こずえ》からやわらかい風が枝をくぐり抜け葉をすべりながらわたしの肌に溶ける。

少年のころ、まばゆい砂浜のアダンの木陰で、海の彼方からかけぬけてくる風をいつもみていた。そのなまぬるい風は草や木々のみどりをすべり傷口や疲れを癒《いや》しながら交歓していくように視えた。

とおいむかしから、かぜはまれびと、稀人《まれびと》である客人《まろうど》もまた風であった。

コザで産まれたという知念良吉さんのコンサートを聴いた。久し振りの音楽体験だった。いや、ほとんど初めてにちかいもので、歳をとったような妙な感じがした。

四十歳を過ぎるという彼は二十名足らずの聴衆の前で「オキナワ・マイ・ラブ」「何処へ行くオキナワンボーイ」「赤花一輪」など数十曲を唄った。

ロックにドラッグとファック。基地の街、コザ。そんな街に育ってなんとも感じないはずはない。彼はそんなところからくる一種のやるせなさを歌にしている。しかし淀《よど》んではいない。いつも乾いた風が吹いていた。

過ぎ去った、自らの青春のほろ苦さを突き放して唄う。歌そのものも、その軌跡がたどれるものになっていた。そこのところで彼はまぎれもなく、沖縄におけるブルースのニューウエーブだろう。

聴きおえ、ある種の感慨に囚《とら》われないではいられなかった。この街でも、わたしたちの時代の歌と呼べるものは生まれ人々に口ずさまれているのだろうか。そのへんの事情に疎《うと》いわたしは知らない。だがきっと、どこかで、確実に始動しはじめているに違いない。いつか、存分に聴いてみたいものだ。

そんなことを昨夜、〈吟遊詩人《ぎんゆうしじん》〉でのコンサートで感じた。

御嶽に陽が射し、上空でピーサーが鋭く啼《な》く。

怒りの孤島

なにげないことが折に触れてあらわれ、しだいに心のなかを占めることはないだろうか。

わたしの場合、ミッチーブームの夏に観た映画『怒りの孤島』がそれで、小学四年生だった。題名だけはしっかり憶えていたので、もっと詳しく知りたくて八年前に神戸にいる友人に頼んだのだが、駄目だった。

しかし、わたしの胸のスクリーンには、小さな箱に閉じ込められた少年。飢えのため緑色の小石を呑み込みもがき苦しむ裸の少年。潮風に晒《さら》され赤銅色に焼けた少年たちの身体《からだ》。抜けるような空の青。可憐な一人の少女。それらの断片的なシーンが瀬戸内の美しい映像と相まっていつまでも鮮やかに残ってはいたが、内容は分からなかった。

それから二年が経ち、彼から便りが届きその映画のあらすじと短評のコピーが同封されていた。原作脚色・水木洋子、監督・久松静児、音楽・芥川也寸志で、配役は二木てるみ、左卜全、浜村純、ほかは名のしれない役者ばかりである。

内容を要約すると、或《あ》る孤島の貧しい漁村に買われた七人の舵子《かじこ》と呼ばれる少年たちが、奴隷のような労働に耐えきれず、脱出したことから恐るべき事実が明るみにでるという話で、人身売買、児童虐待、といった社会問題をヒューマニックに取り上げた作品だった。

映画のあらましが分かったとき、わたしは石垣島で起きたイチマンウイ人身売買事件のことを思い出した。〝もはや戦後ではない〟といわれはじめ、沖縄ではプライス勧告が発表され、島ぐるみの反対運動が高まっていた。わたしの小学二年生のときである。離島の黒島で産まれ育った長女は十五歳のころ糸満部落へ炊事手伝いに遣《や》らされたのを、異父姉弟《きょうだい》、という自らの境遇のためかイチマンウイされたと信じ込み、六十も過ぎているはずなのに未《いま》だに刺《とげ》のある言葉で八十五歳の母をなじる。わたしは姉さんにそんな時代だったんだよ、とも言いたくなるが口に出せない。

二十七年間、気になっていた映画はわたしに無関係ではなかったのである。

私の寄留商人《きりゅうしょうにん》

満月の夜はなぜか感情がたかぶる。

埋め立て地を散歩していると、小石が動いたのでぎくっとした。

よく見ると、石と化した白い巻き貝の殻に入ったヤドカリだった。拾い上げる。まるで椰子蟹《やしがに》のようなハサミ脚をしている。この大きなヤドカリを見かけるたびに、わたしは或《あ》ることを思い出す。

街をぶらついて、商工祭の行列に出くわしたときのことだった。巨きな巻き貝がのそのそ移動していた。むろん中に人がいる。殻の表の黒褐色や黒緑色の彩色が、まるで本物だったのでびっくりして、追いかけた。やがて行列は終わり、ガジュマルの木陰で黄や赤のアイスキャンディーをなめているおじさんたちの傍らにその貝があったので、まじまじと見たり触ったりした。

興奮したわたしは家に帰り、巨きな貝のことを喋っていると、若いころ漁船に乗っていた父が古賀辰四郎の話をした。福岡県出身で明治十二年に沖縄に来て古賀商店を開設後、まもなく八重山にも進出。以来、三十年余にわたり尖閣諸島《せんかくしょとう》を探検開拓。ボタンや螺鈿《らでん》の材料となる夜光貝の殻や鳥毛を輸出して八重山水産業界に大きな影響を与えた男がいた、とのことだった。

わたしは中学生になっても、毎日のように映画館に貼られた写真を見ながら海岸のあたりを徘徊していた。港の近くには変わった石積みの向こうに、大和風の建物や大きな蔵などが残っていた。あるとき、護岸通り裏の倉庫の南京錠《なんきんじょう》がはずれ、戸が開いていたので覗《のぞ》くと、薄暗い奥の隅っこに大きな円錐形《えんすいけい》のものが数個転がっている。貼られた紙が破れ、竹骨が見える。あの日みた強烈な色彩は褪せていた。

そんなことで、わたしは大した意味もないのに大きなヤドカリを見かけると、その記憶がよみがえる。廃藩置県《はいはんちけん》後、一時的に身を寄せ大きな勢力を形成し、近代沖縄の象徴的なものになり、非難と評価をあわせ持つ寄留商人《きりゅうしょうにん》だが、その呼び名に華やかだった大正という時代と響き合う妙な心情的なものや男のロマンを感じるのはわたし一人だろうか。

一瞬の父史

父は畑から帰ると褌《ふんどし》一つになり、井戸端で水を浴びたあと、中柱の前に座った。

父の晩酌の始まりである。酔いながらいつも有線の親子ラジオからながれる民謡を口ずさんだ。

宮良高林《みやらこうりん》が好きだった。母と諍《いさか》いになると煙草盆を投げつけた。それでもなお逆らうと容赦なく髪を鷲掴《わしづか》みにして、引きずり回した。

明治四十年生まれの父は二十歳すぎの昭和三年にサイパンへ渡っていた。南洋移民である。昭和十五年ごろの八重山は人口がピークに達している。そんな時代背景に国策が絡み合った。南洋移民に沖縄人が多かったのは、気候に適応性があって、サトウキビ栽培に慣れていたからである。十万人余の日本人のうち七万人ちかくが沖縄人であったことからもうなずける。

五歳に母、十六歳に父、それに四人の兄妹も伝染病と食中毒で他界し、天涯孤独《てんがいこどく》ともいえる身となった。学校など行かないに等しかった。父が新天地を求めたのも無理からぬことである。二十四歳に郷里の登野城村から嫁を迎えたが、一年未満で病気のため亡くなった。哀れんだ方が母を紹介する。相手の写真さえない結婚話である。母は三歳の女の子を連れ、サイパンのハナチルザンで父と結ばれる。士族の家柄の出であったが私生児《グンボーファー》を産んでいることが弱みだった。いわばキズものどうしである。

父は長男が結婚をしたのを境に畑仕事をしりぞく。五十三歳だった。またたくまに体力や弱かった視力が衰えていった。

わたしは中学のときの映画見学で、「バンザーイ」と叫び多くの人たちが断崖から身を躍らせ果てていくシーンを観て、胸が熱くなったことがある。サイパン玉砕だった。その岬はバンザイ＝クリフ（崖）、スイサイド（自殺）＝クリフ、だとのちに知った。

父は六十一歳で亡くなるまで、日が暮れるのを待ちきれず、泡盛を飲みつづけた。好きな酒は「瑞泉」だった。豆腐のように、やわらかくたるんでいたふくらはぎと父が好きで謡《うた》っていた「マヘーラツ節」をわたしは忘れてはならないものとして今でも心に強く刻み込んでいる。

ブラジルの青空

石積みの門から入ると、サルスベリの花のある茅葺《かやぶ》き家の片隅にトタン屋根の貸家があった。部屋に不似合いな大きなステレオが心臓の鼓動に似た低音を響かせ、きつい香水の匂う女がぼんやり座っていた。女は松尾和子のレコードを聴きながら、ときおり溜め息をつき、福木の間から見える遠くの海を眺めていた。

わたしはそこのケン坊といつも遊んでいた。竹馬を作ってあげたり、ミーニシの吹くのを待ちきれず凧揚げをしたりした。そんな彼がある日突然、ブラジルに行くことになったと告げ、わたしを驚かせた。何やら事情がありそうで詳しいことは聞かなかったが、数年前に父親が渡っていて、親子三人そこで住みつくことになるのだと言っていた。

それから数日後、学校から帰ると雨戸は閉ざされていて、彼の姿はなかった。彼は二年生のとき引っ越してきたので二年に満たない出会いと別れだった。正午過ぎの出航だった、と聞かされた。大人たちはブラジルまで一ヵ月もかかるらしいと話していた。わたしはその後一と月余り、船に弱いと言っていた彼と同じ船で揺られているような、平衡感覚を失った妙な気分に悩まされた。夕暮れの空にはたくさんのサシバが舞っていた。

わたしが中学一年で彼は小学四年だった。

どこかの党の委員長が右翼の少年に刺殺され、ケネディが大統領になった一九六〇年のことだった。街ではダッコちゃんがはやっていた。

今でも酒場であの「再会」がながれると、空に映えるサルスベリの色に似たケン坊のお母さんの口紅や日本の裏側のとてつもなく巨《おお》きな芋のようなところにあるブラジルへと航海していく船のなかで、父を想い、希望に胸膨らませたケン坊が三十一年まえの笑顔でよみがえる。

サンバのリズムの空の下、ケン坊は幸せになっただろうか。そして今も幸せに暮らしているだろうか。確かめる術《すべ》はない。いつも予測すらしなかったところへと動いていくのが世の常だから、せめて君のためにわたしは祈るばかりである。

蜥蜴《とかげ》

夏に逆戻りした気候のせいか、イシガキトカゲを見かけた。

鼻先のあたりから後肢まで茶褐色の線と細い黄白色の線がつづき、ゆるやかな水色から目の醒める青へとのびる尻尾《しっぽ》はぬらぬらひかり、恍惚状態に陥《おちい》らせる。頭部もあどけなく可愛らしい。

だが、そのトカゲを見るたびに、いつも学生時代に引きずり込まれる。

高校一年だった。

そのころわたしは夏休みになるとパイナップル工場のアルバイトで夢中だった。クラスの生徒もみな似たようなものだった。

そんな調子なので夏休みが終わると当然のごとくうろたえる。

他の教科はどうにかなったが、問題は「生物」だった。

先生も生徒の質を見通してか中学生のような植物採集や昆虫採集などでもいいと言ってくれたが、それもけっこう時間のかかるものでほとんどが諦《あきら》め顔だった。

わたしはその生物の先生が好きだったことから何とかならないものかと思案に暮れ、豚小屋近くを歩いていると、堆肥のなかにいる小さなゴキブリを捕らえたトカゲが首を激しくゆさぶり、尻尾《しっぽ》をくねらせている。

とたん、頭の中の豆電球がチカチカ点滅する。

さっそくゴキブリを餌《えさ》にミシン糸を垂れるとおもしろいほど釣れたので、ホルマリン液の入ったマヨネーズの小瓶《こびん》にトカゲを数匹入れ、標本として提出した。

白衣をまとったA先生は苦笑いをしながら「まだ誰一人も出してない……早く持ってきただけでも君の努力は認めよう」と言った。

ところが一人だけよい子にさせてはくれない。

一週間後、複学生も含め、おおかたの男子生徒がわたしのトカゲ標本を真似てしまい、生物室の先生の机の側の大きなテーブルはマヨネーズ瓶で埋もれた。なかには大瓶にヤモリをスクの塩漬《しおづ》けのように数えきれないほど詰め込み、蓋《ふた》に自分の名前をマジックインクで誇らしげに記した者もいた。

しばらくしてわたしは呼出しをくらったが、怒鳴られるまでには至らなかった。

今でもときおり逢うと、日本の柔道（無差別）がオランダのヘーシンクに敗れた、と涙ぐんだ先生の眼鏡のレンズに、たちまち二つのマヨネーズ瓶が映るようで、尻尾を切って逃げ出したい気分になる。

丸刈りゲーム

だれでも一つや二つ、自分を彩る思い出をもっているものだ。

わたしにも取って置きの一つがある。

それは高校二年のとき、ちょっとしたことから起きた。

担任に決まった短足の先生が挨拶のあと、わたしたちの頭を見回し、「丸坊主のほうがサッパリしていいのに……」と言ったので、誰かがすかさず「先生がやったら僕らもやるよ」と返した。

翌日、丸い帽子を被った先生が出席簿を抱え現れた。先生はわたしたちを見るなり、ニッと笑い、帽子をとった。見事な一分刈りだった。

一瞬、わたしたちはざわめき、うろたえ、青ざめた。

翌日、級長がバリカンを買って来て、全員の頭を刈った。わたしたちは頭をなであい、別人になった気分を楽しんだ。

だが、それからがたいへんだった。丸刈りだとアルバイトに困る。一般人としての賃金が貰えない。

夏休みに向け、髪を切らないものがでた。二学期が始まる。半数以上が長髪で登校してくる。わたしたちは祈った。どうか先生が髪をのばしてくるようにと。

ところが、先生は帽子すら被らずスッキリした頭で堂々と現れ、リズミカルな声で出欠をとる。長髪組は蚊の鳴くような声で、先生と視線が合うのを恐れた。バリカンがカチャカチャ鳴り、〈魔女刈り〉が始まる。苦痛の日々がつづいたが、秋風が吹くころになると暗黙の了解というのか、一人を残して、全員もとどおりの頭になった。それでも先生は三学期の終わりまで、頑固に丸刈りをとおした。

級友と酒を飲み、ときおり高校時代のその話になると罪悪感からかみんな話題をそらす。哀しいことに先生同様、最後まで丸刈りだったわたしのことは誰一人として憶えてない。わたしは賭《かけ》をしたのだった。先生がある女教師に好意を寄せているのを感じていたので、長続きはしないと判断したが、どういうわけかはずれた。わたしにとっては一年に及ぶ心理的シーソーゲームだった。

その年、わたしの心情に合わせたかのようにはやっていたビートルズの「ヘルプ」と「イエスタディ」はメロディもさることながら、K先生の坊主頭とともに懐かしい曲名である。

二十歳に民宿で

時代の振り子が振幅の度合いを強めていた。

政治の季節だった。学園紛争、円谷幸吉選手の自殺や三億円強奪事件が起き、ビート・サウンドが鳴り響いていた。

一九六八（昭和四十三）年、わたしはやっと二十歳になった。

そのころ、何かに蝕まれていく時代感というものが漂っていた。街では「神々の深き欲望」「肉弾」などが上映されてはいたが、大方がヤクザものや前張りをした女がのけ反り、喘ぎ、悶える、ピンク路線でやりきれない気分だった。

そんな年の暮れに、寝込んでいた父が亡くなった。わたしは大晦日《おおみそか》に一冊の本をバッグに詰め、竹富島へ渡った。民宿では無理をとおして離れをとってもらった。海面をすべってきた風が窓から入る。潮のにおいはわたしの気を鎮《しず》めた。

読みかけの本をめくっていると、遠慮がちなノックの音がする。ドアを開けると、一升瓶を抱えた男が立っていた。「独りでは落ち込むばかりで……どうです？　一緒に飲みませんか」と部屋に入ってきた。日に焼けた顔に二重瞼の目、太い眉、腕の剛毛。典型的な沖縄人《ウチナーンチュ》の容貌で、大城と名乗った。二人で飲んでいると、そのうち本土の学生も加わった。

沖縄の空と海のすばらしいことを盛んに強調する。朴訥《ぼくとつ》な人柄の大城さんは、近いうち基地労働者の大量解雇があると漏らし、そうなれば本土へ行くことになるだろうと内情を打ち明けた。わたしも淡い希望のようなものを秘め、島をでるつもりでいた。酔いが回ると大城さんに合わせ労働歌や祖国復帰の歌を唄った。本土の学生は目を丸くしてわたしたちを見ていた。

父の死に、二十歳という節目が絡み合い、偶然に三人で語り合っただけのことだったが、いまでも一つ年上だった大城さんの顔が浮かぶと、ふと、あのとき……何も考えずに……と、後悔しないでもない。

翌年、佐藤・ニクソン会談で三年後に沖縄の施政権返還が決まり、フォーク・クルセイダーズの「帰ってきたヨッパライ」という奇妙な歌がラジオからさかんに流れていたのを覚えている。

童謡

好きな歌が或る日を堺に嫌いになった。

テレビの歌謡番組に歌詞が映るようになった十六年前のことである。

そのころ、団地に住んでいた。息子が一歳を過ぎたばかりだった。どんな父親でもそんな時期は一緒に遊び、子どもの将来に夢をはせるものだ。

ベランダで子どもをあやしながら、うろ覚えの童謡を唄っていた。ときおりラジオからながれるその歌が好きだったことから、勝手に歌の世界を想像していた。

――物干し竿の洗濯物が風になびく。五歳ほどの女の子の吹くシャボン玉が青空に吸い込まれるようにとんでいく。ながく下がった真っ白なシーツと地面の隙間からよちよち歩きのちっちゃな足がのぞく。母親が「だれの足《あんよ》かなぁ」と追いかけ、抱き上げ、はしゃぎ、頬ずりをする。父親は縁側で見守り、庭にはヒマワリが咲き誇っている。のどかな日曜日――。

きっと、そんな光景の歌に違いない。いい歌だなあ、とつぶやき、口ずさむ。台所で包丁を握っている妻が手を休め、首を傾げていたが、小さな声で繰り返した。

本土の夏は短い。こちらがうだるような暑さを引きずっていても、テレビは季節を先取りしていく。そして九月、決まったように「誰もいない海」やその童謡がながれるとわたしは歌手に合わせて唄う。「だあれかさんが　だあれかさんが　だあれかさんが見つけたちいさい『足』、ん？　アレッ！　『秋』、ええっ！」思わず愕然《がくぜん》とする。足などではない。わたしの思い描いていたものが一瞬にしてくずれる。くずれるどころではない、これまで幾度となく人前でも大声で唄っていた。

そんなことがあって数年後、妻が隣の棟の奥さんへわたしのそのことを話すと「あら、うちの主人《ひと》もそうだったの！」と目を輝かせたといって、たちまち親密になっていたが、わたしはその気になれなかった。

今でもその歌がながれると妻は尾ひれをつけ、子どもたちへ喋る。わたしは知らんふりをよそう。それにしても、「秋」と「足」では如何《いかん》ともしがたい。

想い出まくら

手際よく敷かれた蒲団《ふとん》や派手な枕《まくら》がならんでいる。

待ちわびているわけではないが、遅いので溜め息をつく。ドアを開けたままで床に入る。時計の針は十二時を回った。うとうとしていると男が荒々しく壁に手をつき、よろけて入ってくる。酒や靴下の臭いがむんむんする。男はごろり横になったかと思うとコードを引っ張り受話器をガチャガチャさせながらフロントへマッサージ師を寄越せと怒鳴り、最後にちいさな声で「若い娘《こ》ね」と付け加える。いまどき若い娘がいるか、わたしはつぶやいたが、彼のその言葉は艶《つや》めいてのこった。

しばらくしてやって来たのは礼儀正しいオバサンだった。化粧のため若くは見えるが六十過ぎだ。うなだれた男はどろ~とした上目遣《うわめづか》いでもたもたしながら金を渡す。わたしは笑いをかみ殺す。かなり呑《の》んだとみえうめき声をあげ、オバサンの指圧にかかる。ちょっとしたSMの世界にもとれるが、絵にならない。やはりうまくいかないのが世の中だ。晩《おそ》くからでも来てくれたことに感謝しないとイカンぞ。と、妙に聖人ぶり眠りに就《つ》こうとしたやさき、男がむくっと起き上がり服を脱ぎだす。たぶん暑さのせいだと思ったが、マッサージのオバサンは目を丸くして逃げ出した。

パンツ姿のまま大の字になった男は軽い寝息を立てる。太っていて首は短く、身体じゅう荒い毛にくるまれている。ほっとしたわたしはほどなく眠りに落ちたが、突然、獣《けもの》のような唸りにびっくりして飛び起きる。恐ろしいほどの鼾《いびき》だ。腹が立ち、怒鳴るように咳払いをしたり、足で突っ付いたり、鼻をつまんだりしたがすぐさま息を吹き返す。制御の手だてがまるでない。わたしは一晩中生き物のように暴れまくる男の鼾に憎悪《ぞうお》すら覚えた。まんじりともせずにやがて朝を迎える。

鼾もここまでくれば犯罪に等しいが、生理的なものなので正面切って苦情は言えない。しかも研修仲間だ。

ところが目覚めた男は、赤く血走った眼のわたしを見つめ、枕を抱き、何とこう言ったのである。

「部屋を間違えてた！」

兄の自慢

九歳年上の三男は中学を卒業すると地元の新聞社で働いていた。裏方の活版職人である。現在も東京でやはり同じことをしている。わたしが小学四年のころ島を離れているので繋がりは希薄であった。

そんな兄が、あることがきっかけで身近に感じられるようになる。それはわたしの上司であったN氏がO社の駐在員に転職した翌年のことだった。O社は学習参考書の分野では指折りの出版社である。書店に働いていたわたしが、たまたまそこの出版物を大量に取りまとめたことから、信じられないことは起きた。

あくまで仕事であったが、N氏は駐在員としての顔が立った、と喜びを隠しきれない。そんなことから、そこの出版月報にわたしの顔写真入りのエッセイを載せることとなった。

ところがしばらくたって、音信不通の兄から分厚い手紙が届いたので何事かと思った。見覚えのある月報のコラムが朱囲いになっている。なんでも印刷所の上司が冗談で「名前の『真』まで同じだから、真盛の弟だろう……」と原稿と写真を兄へ回したところ、ほんとに「お、おれの弟だ！」と飛び上がるので上司や同僚もビックリ。その夜は兄を囲んでの酒座に発展した、とのことだった。偶然とはいえ、逆にわたしが驚かされた。今でもたまに帰省すると得意になり「俺が一つ一つ活字を拾ったんだ」と、昨日のことのように目を輝かせながら話す。

イリオモテヤマネコに海洋博、具志堅用高とふたたび沖縄が注目されていた十五年前のことである。これまでわたしの文章などなにひとつ読んだことのない兄が、その印刷物だけは大切にしていると、自慢げに喋るたびに複雑な気持ちになる。それは実をいうとわたしが書いたものではなく、

N氏が書いたものにO社の編集人が、全国の書店従業員が奮い立つように都合よく手を加えたものだった。

様変わりしてく印刷業界で、活字は凸版でなければならない、と口癖のようにいう一徹な兄が、今日も鼻唄まじりの「王将」と黒ずんだ指で、活字を拾っている姿が目に浮かぶ。

母

小高い丘の墓から街や海に浮かぶ島々を眺めているとさまざまなことが甦《よみがえ》る。

母が亡くなった。日露戦争開戦二年後の明治三十九年に母は誕生している。母はつねづね士族の家柄の出であることを強調していた。母方の家は桃林寺の北側に在《あ》ったとのことである。ところが後に葉タバコ栽培のために渡航していた黒島に住みつく。

子どものころから家の零落《れいらく》のありさまを目の当たりに育っていた母はある日、子豚を買いに四箇《しか》へと渡り、そのまま女中奉公として台湾へ逃げるが二年ほどで舞い戻っている。台湾帰りはあか抜けしていて人目を引く。そこから母の人生の歯車が狂いはじめる。島の教師の子を宿す。妻は長男出産後に他界していた。だが、その方とは縁がなかった。

母は三歳になった娘を連れ、サイパンで南洋移民の父と結ばれる。知人の紹介であった。それから父とサトウキビ栽培に勤しむが戦争ですべて失い、引き揚げ、黒島でわたしが産まれる。連れ子の長女は二十歳すぎに島の若者と結婚する。

母の葬儀の日に、散り散りになっていた兄姉が喪主となった四男のわたしの家で膝を並べた。ある時期まで叔母さんと呼んでいた顔や体形のまるで違う還暦を過ぎた姉を見ていると胸の底からある種の感慨がわきあがった。その日の新聞の「謹告《きんこく》」はこれまでの母や家系を物語っているように思えてならなかった。母は入籍しないままに嫁がせたことを悔《く》やみ、自分が死んだら「謹告」にその姉を長女として載《の》せるように何度も繰り返した。それが母の遺言だった。

子どもに対して、やさしさやいたわりの心などとは無縁の母で、呆れるほどの癇癪《かんしゃく》と相手に伝わりにくい過剰な情を持ち合わせた人だった。そんな母だったが、わたしにとってこの世でたった一人の母であった。お蔭でわたしの存在があり、わたしの家族がある。

明治・大正・昭和・平成と四つの時代を生き、九月一日往生を遂げた。享年八十六歳。手を振りながら昇天していくように、母の弔旗《ちょうき》が風になびく。

キネマの快楽

電車のなかで揺られていた。

このところ辛いことがつづいていたが、その日は満たされた気分で昂揚していた。母の中陰を済ませ、位牌札《いはいふだ》を長男のところへ届けたあと、神戸の友人と三宮駅近くで『七人の侍』を観た。「七人の侍」が封切られた一九五四年は警察予備隊が自衛隊と名を改めた年で、そのころ園児のわたしは彼と「笛吹童子」を観ている。それから三十七年が経っているが、無類の面白さとスケールの大きさで観るものを圧倒させずにはおかない映画だ。勘兵衛、五郎兵衛、平八、七郎次、久蔵、菊千代、勝四郎とそれぞれ個性的で活き活きした人物の比較なども飽きない楽しみのひとつである。それほど魅力あふれるキャラクターばかりだった。好みも菊千代から求道者《ぐどうしゃ》の久蔵に移ったりしたこともある。また、これまでおもしろい活劇として観ていたが歳を重ねるにつれ違ってきた。

例えばこんなシーンなどを挙げることができる。侍集めの四人目が決まって勘兵衛を入れて五人になる。残るはあと二人。必死にすがる勝四郎を勘兵衛はなかなか加えない。前途のある青年を巻き添えにしたくないのだ。高い精神を持ち人生を達観している勘兵衛が「……腕をみがく、そして戦いに出て手柄をたてる、それから一国一城の主《あるじ》になる……しかしな、そう考えているうちにいつの間にか、ほれ……このように髪が白くなる。そしてな、その時はもう親もなければ身内もいない……」と、勝四郎をさとす。

思慮に富んだ年長者と未熟な若者の対比は黒澤が得意としてたびたび用いる手法であるが、しみじみと語る勘兵衛の言葉が胸にしみ、なにやら遠い日に味わった懐かしさに包まれた。

生き残るのは勘兵衛とかっての輩下七郎次に勝四郎であるが、これからさき、勝四郎は試練を重ね、大きく成長していく侍のようにも思えた。

日本映画史上、空前絶後《くうぜんぜつご》のその映画は観るたびに新たな発見と感動をわたしに与えてくれる。観おえると雑踏のなか彼と口笛を吹きながら歩き、改札口で別れた。

バラのつぼみ

オーソン・ウェルズは『市民ケーン』を制作したとき、弱冠二十六歳だった。キャロル・リードの「第三の男」より八年も前のことだが、日本での公開は二十五年後の一九六六年である。

この映画の〈バラのつぼみ〉という言葉はわたしにいつまでもこびりついた。その後も何度か観たがやはりなにやら謎めいたにおいに惑わされた。

彼は二十三歳のとき、ラジオドラマで火星人来襲騒動のパニックを引き起こす人騒がせな成功を収めたことから一躍注目を浴び、『市民ケーン』を撮ることになる。ケーンのモデルは言うまでもなくピュリッツアーと二分する力を誇った新聞王ウィリアム・ランドフ・ハーストのことである。マスメディアを牛耳り、富と権力をわがものとしたケーンだが死のまぎわで、ちいさな家の入ったガラス玉を握りしめ、ローズバット（ばらのつぼみ）という言葉を残して孤独のうちに生涯を閉じる。それを謎ときの旅へと誘い、ケーンの一生の意味を鋭利な刃物の切れ味で描いてみせる。バラのつぼみとは少年のときから母と別れて暮らしたケーンの求めてやまない愛を示唆するものであったことが観るものに分かってくる。

ところがこの映画は怒り狂ったハーストの恐ろしいまでの圧力で興行的に成功しなかった。神経をズタズタにされ、薬の服用などで身体を蝕まれた天才オーソン・ウェルズはぶくぶくの魁偉《かいい》に変わり果て、ハリウッドを退く羽目になる。

ハーストにとってたまらなかったのは映画の登場人物がその言葉をしきりに口にしたり、ケーンがそれをつぶやき死んでいくことであった。なぜなら〈バラのつぼみ〉とはハーストが愛人マリオン・デイヴィスの秘部を呼ぶときにつかっていた寝室における二人の秘密の言葉だったからである。

他人の愉悦《ゆえつ》をかぎつけつるオーソン・ウェルズや激怒したハーストといい、どことなく子どもじみているが、でもそんなところから映画史に残る傑作が生まれるというのもわたしにはまたたまらなくおもしろい。

ペス

犬を飼《か》うならどんな犬がいいだろうか、と話し合ったことがあった。

娘たちは目を輝かせながら人形のような可愛い犬をさかんにねだった。わたしは耳の尖ったドーベルマンに肉を与えるのを想像したり、日曜日の朝の革《かわ》ひもの手応えに生の充足への思いをめぐらすことで悪くない緊張感を味わう。妻はしきりにその後の世話のことを心配している様子であった。

しかし、ある日突然、目の前に現れたのは毛のむくむくした焦げ茶の雑種で鼻のあたりがやけに黒っぽい仔犬だった。まるで悪戯《いたずら》をして鍋《なべ》の煤《すす》をつけた感じだ。貰ってきた息子は安全地帯の玉置浩二そっくりだとはしゃいでいる。わたしはすっかり拍子抜けしてしまった。

これまで借家住まいで長い間生き物を飼えなかった。それだけに折角なら、と考えていた矢先のことだった。子どもたちも同じ気持ちであったが、それでもやはり子どもである。その日からとても食べきれないほどの食事を代わる代わる与える。合図すると、筆先に似た尻尾《しっぽ》をちぎれるほど振り、ころがるように駆けてくるのでコロと名付けられた。子どもたちは可愛くてたまらない様子で、スーパーへ行くのも強要した。慣れないみちで心細いのか、あるいは迷惑に思っているのか、後ろ肢《あし》に鍵でも掛かっているように引きずられている。

子どもたちの姿を見ながら歩いているうち、たちまちわたしの中で時間がくずれていくのを覚えた。

わたしが犬を飼うのを止めたのは中学一年の冬だった。

晩《おそ》くまでココアを啜《すす》り、クラスメートの女の子が歌っていたスリーグレイセスを口ずさんでは鏡をのぞいてため息をついたりしてかたちばかりの一夜漬け試験勉強のせいで、犬が床下で暴れているのに起き上がることが出来ず、犬の叫びや父の促すわたしへの声を耳にしながらも、そのまま眠りに落ちていった。

深夜、無理やり起こされた感じでとろんとして寝床に胡座《あぐら》をかき、畳の間からゴマ粒のようなものが吹き上げられているのに目をやっていると、とたん痒《かゆ》くなり背中へ手を回して掻《か》いた。しばらくするとその黒いものが斜めに跳んでくるので、目を凝らすと、な、なんと蚤《のみ》だった。

わたしはたちまち眠気が吹っ飛び「ノミ！　ノミがいる！」と叫ぶ。ところが板戸の隣にいる父に怒鳴られ、毛布にくるまり、隅っこで丸くなり、裸電球の下で夜の明けるのひたすらを待った。その間にも蚤は増えつづけるので、人指し指の腹に唾《つば》をつけ、飛び跳ねる蚤を圧さえ、素早く指でもみ、左の親指の爪にのせ、つぎつぎ潰す。なかには大きな蚤がプチッと音を立て、腹から白い卵を飛び散らす。初めのうちは楽しかったが、まるできりがなく爪は濁った血で汚れる。戸の隙間が白くなって夜が明けかける。何やらモゾモゾしていた母もそのうち襟元を整えながらわたしのところへ来て大きな声を出すので、酒の臭いをさせた父も起きだし眩《まぶ》しそうな目でわたしをぎょろっと睨《にら》む。

「こ、こんな大きなノミがたくさん!」潰した蚤をノートの表紙にならべてあるものを見せようとして差し出すと「バカヤロー! 犬なんか飼うからだ!」いきなりビンタを食らわし、「早く床下から引きずり出せ!」と大声で叫ぶ。

何のことかさっぱり意味が分からなかったが、父の反対を押し切って飼ったこともあって口を尖らせたまま外へ出ると、敷居に手をあて竹床《タキフンダ》を覗《のぞ》く。わたしの寝床にあたるところで犬が横たわっている。名を呼びながら這いずり体に手を触れたわたしは、はっと息を呑んだ。冷たくなった体から異臭が微かに漂いはじめている。引きずり出すといつもの表情はみじんもなく、実に恐ろしい形相《ぎょうそう》だった。

「毒入り餌《えさ》を食ったな……」父が言った。前肢《まえあし》が空を掻《か》くように硬直している。無残な死だった。

母が麻袋《カシガー》で顔を覆うまでわたしは茫然と立ち尽くしていた。朝食の前に荷台の大きな自転車に乗せヒモをまわすと、ペダルを強く踏み、泣きながら村の外れにあるチリ捨場へと北風を突っ切った。帰り際、ハンドルを握る手首に蚤にくわれた痕《あと》がいびつな円形でいくつも盛り上がっているのを見た。

そうだった……ペスという名で、白と茶の斑《ぶち》の雌犬だった……。

それにしても死というものは思いもよらず突然にやってくるものだ。あのときも、雄犬と戯れているものとばかり思っていた。おとなしい犬で番犬としての役目はまるで果たさなかった。もともと盗られるものなど何も無い家だったからそれでも良かった。犬どうしのことはよく知らないがペスは決して容姿がいいというのでもなく、また積極性に欠ける犬だったが夜中に呆れるくらい雄犬の訪問を受けた。

わたしはときおり眠った振りをしていて、雄犬が横たわっているペスの傍らに寄り添い愛撫を始めると、いくらか開けていた雨戸の隙間から狙いを定めゴムかんのゴムを胸もとまで引き、隙だらけの横腹へ石《たま》を放った。と、弾けるように飛び跳ねた犬は理不尽な悲鳴を上げ、尻尾をたたむと一目散に逃げていった。ペスには少しばかり悪い気がしたが、わたしを見るペスの目つきはいつもと変わらなかった。わたしは飽きずにそれを繰り返した。しかし長くは続かなかった。訪れる犬があまりにも多すぎた。

やがて星のような黄色い福木の花がこぼれ、たくさんの果実が枝にふくらむころ、ペスは六匹の仔犬を産んだ。わたしは実際、ペスをとおして多くのことを学んだ。人工衛星にライカ犬が乗った年に飼いはじめてから三年余りの短い命のペスだった。

子どもたちと戯れている仔犬を見ながら、今度はコロが子どもたちとどんな関わりを持つのだろうかと思ったりする。

結び

昨年の暮れごろ『紐《ひも》の本』がベストセラーになった。これは、現在知られている結び一千余のなかから、著者がボーイスカウト時代に習い覚えた実用性のある一〇九種を取り上げ、分かりやすく説明したものであった。

それほどまでに売れる理由《わけ》はどこにあるのか、と読んでみると、これが単におもしろいだけではない。実用的であり、日常生活にもいろんな場合に生きていて、いかに長い歴史を経てきているかを考えさせられる。

読みおえ、結びに興味を持ち、わずか調べただけでも、わたしたちが受け継いできている風習のなかにも見いだすことができる。人類が他の動物と違って今日の繁栄へ歩みだす時点で、最初に習得した建設的な技法である結びの効果が火の発見などとともに大いにものをいったことはうなずける。確かに、当時の運搬、漁労、狩猟、建築、などの生活を営む生業《なりわい》に結びは欠かせない要素があったはずだ。

八重山にも結びの原始的な形として占有権《せんゆうけん》を示す表示を、茅、ススキ、藁を輪のように結んだサンと称する風習があり、魔除《まよ》けとしても用いられている。おそらくそれらの起源は神との約束の成立からであろう。だから承認し犯さなかったといえる。

また、川平村では他の村で悪い風邪や病気などが流行すると、災厄《さいやく》が入り込まないように遮断する意味で、村の入口にしめ縄を張りめぐらす。それも結びに関係がある。自然の成り行きとして結びの多様性や神秘性が人々へ驚異を与える。そしてそれが、祈祷《きとう》、呪術《じゅじゅつ》の具とされたのではなかろうか。

他にもすぐれた結びの文化として沖縄にのみ、特に先島地方で文字を持たない島民のあいだでながいあいだ、数量を計算し、記録する手段として用いられた結縄《けつじょう》の藁算《バラザン》がある。

それが発生し発達したのは言うまでもなく、沖縄における八重山、宮古、両先島の歴史と深くむすびついている。

マッチ箱

身も心も寒々となり、ポケット深く手を入れ、冷たい風を肌に受けて千鳥足《ちどりあし》ながらも速くあるく。ポケットの奥深く軸《じく》の少なくなったマッチ箱がわずかばかりの小銭と重なり合って心地よい音を聴かせてくれる。財布をはたいたあと、わたしは必ずといっていいほどマッチをいくつか頂戴《ちょうだい》してくる。

散らかし放題のわたしの部屋の机の周辺には、いくつかのマッチがウィスキーの空瓶《あきびん》とともに仲良く位置を占めている。煙草《たばこ》を喫うため寝ころびマッチをとってレッテルを眺めると、たちまち少年のころにもどる。

そのころ、子どもの遊びの一つにマッチ箱集めがあって、友だちの一人に大のマニアがいた。その秘蔵のコレクションを初めて見せられたとき、子どもながらもタブーの世界に引きずられる恐れとおののきがあった。ダンボールに詰まったおびただしい量のマッチのなかには、子どものわたしをも刺激する悩ましいポーズのレッテルもあった。固唾《かたず》を呑《の》みながらつぎつぎと一気に見る。どれもかもが欲しくてたまらないものばかりだった。わたしの持っていない、また入手しにくいマッチを所有しているその友だちにわたしは嫉妬を感じないではいられなかった。

暗くなって家へ帰る途中、夜空の星々へ勝手に線をたどらせる。それが知らず知らずに数時間前に見たマッチの裸体になったりした。そんな自分に恥ずかしさと嫌らしさを感じ、全速力で夜道を突っ切った。

翌日、そのことを兄へ話して、お願いしたが、数ヵ月経《た》ってもいっこうに集まらなかった。でも、いつの日かマッチの種類が増えるのを夢見ていた……。

そんなこともあって、少年のころから、マッチにある種の愛着を感じている。ときおり新聞広告などで、新装開店の喫茶店、キャバレーなどが目につくと、どのように意匠を凝らしたものだろうかと思いをめぐらせたりする。

マッチとわたしの奇妙な繋がりである。

子どもの遊び

当時を振り返ると何もない時代だった。

しかし、そのような時代にも玩具《ヌムミダン》には不自由しなかった。

身近にある自然のものが遊び道具になっている。

晴天の日など屋敷の周囲の石垣近くや裏の芭蕉の根もとをほじくり、チィダミ（蝸牛）の殻《から》をたくさん拾い集め、尖った殻の頂《さき》と頂《さき》を押し合わせ、強さを競う蝸牛殻闘わせ《チィンダンオーラセー》という遊びがあった。チィダミでふくらんだポケットから一つ一つ取り出して勝負をさせるときのわくわくする胸の高鳴りは、いま思い出しても楽しいものだ。なかでも晴天つづきで仮眠しているものを拾い闘わせたときなど、潰《つぶ》れてながれでた汁で指が気持ち悪い。こんなチィダミをわたしたちは〝ミンジャイ〟と呼んでいた。そのころ五、六人集まれば必ずといっていいほど、中耳炎《ちゅうじえん》（ミンジャイ）の子どもが一人はいた。そのミンジャイで勝負するものは仲間からきつく戒《いまし》められる。また、手持ちのチィダミが弱いので、それに似たマイマイを手のなかに巧みにおさめ尖った頂《さき》だけを見せ、強そうなものを徹底的に潰している者がいたが、あまりにも強いのでバレて、殴られ、泣きながら家へ帰っていく後ろ姿は哀れであった。

子どもたちは遊びのなかでルールなるものも学んでいく。

チィダミの殻は死後新しく、肌色で艶《つや》があり、やや大きめのものが一般的に強く、時間のたったものは白っぽく渇き脆《もろ》くて弱い。二十個以上勝ち抜いたチィダミは宝物であり、それをポケットに忍ばせていると貧弱な身体でも仲間から一目置かれた。お守りとしてそれを持っていれば試験でもよい点数がとれるのではと思ったりもしたが、それに関してはからっきし効き目はなかった。

八重山の伝承遊戯

わたしの住んでいる登野城団地は字《あざ》登野城のはずれにある。

街までには遠く、出勤時の悩みはあるが、道端の名もない草花に季節の移り変わりを肌で感じることができ心和む。

先日、団地ちかく、崩れかかった墓の石垣に、チョウチンナーパナ（セイロンベンケイ）が生えているのを見かけた。

石垣の窪《くぼ》み、わずかばかりの土に根を張りながら、高く伸び、たくさんのチョウチンをつけている。ちょうど秋田祭りの竿頭《かんとう》のようだ。そよ風が、やさしく撫《な》でると、枝についた七、八個の実がふれあってカサカサと心地よいちいさな音をたてる様子などは幻想的で美しい。

わたしの幼い頃、これを口に入れ鳴らしていた。特有の香りと舌先に感じる淡い渋みはなんともいえない。好きな子のため毒蛇《ハブ》のでそうな茅《かや》の茂みを、ものとせず探し回った。やっとのこと見つけた花の茎を折り、チョウチンを痛めないようにそっと左手でかるく抑えて、駆け、誇らしげにみんなのまえで高々と上げ、捧げたものだった。

与えた鬼灯《ほおずき》を、その子が、口の中できゅっきゅっと鳴らすと、幼心に感じるものがあった。

わたしの目にそれは美しく映ったものだが、肉厚で落ちた葉からも根を張って芽を出す生命力の強いその植物は、農家の人々から雑草としか扱われなかった。それも墓やちかくの痩せ地にあるからなのか、ソーシチグサ（葬式草）という縁起のわるい名前さえ貰い受けている。

わたしは自らの想い出を、味気ない団地の建物に住んでいる子どもたちへ、このチョウチンナーパナ鬼灯《ほおずき》の遊びを伝えたいと思っている。

農薬などで姿を消していく植物が数多いなかでも、チョウチンナーパナは後の世でもきっと子どもの遊び道具となってくれるだろう。

石垣と西塘《にしとう》

屋敷を囲む苔《こけ》の生えた石垣は渋さを伴い、赤瓦の家とうまく調和する。それだけに離島などで見かける廃屋の周りの崩れかかった石垣ほど、痛ましく哀れを誘うものはない。

八重山の島々は隆起珊瑚礁《りゅうきさんごしょう》からなっているため、昔から石灰岩《せっかいがん》がいたるところに散在していた。もちろん開墾したときにも掘り起こされる。島の人々はそれを丹念に積み重ねる石積《いしづ》みを長い歴史のなかで行い、さまざまな垣《かき》をつくった。その風習は歴史とともに今なおわたしたちのなかで息づいている。

竹富島の石垣は美しい。しかし他の島のものと比べると整い過ぎるのと、余りにも頑丈にされていて、まるで城壁を思わせる。

このちいさな島から八重山で初めての頭主をだしている。

『球陽《きゅうよう》』の巻三、尚真王《しょうしんおう》即位四十八年の条に〈竹富島の西塘《にしとう》がアカハチを討伐した首里軍の大将、大里親方《おおざとうぇーかた》に非凡の才を見抜かれ、法司（三司官）の家で陰日向《かげひなた》なく働き十年経ったころ、園比屋《そのひや》武御獄石門《もんうたきいしもん》が築造されることになり、石工《いしく》を求めていたので、主人の法司は西塘を推薦し――〉云々とある。

おそらく西塘は幼少のころから大人たちの石積みを手伝っていて関心があったか、あるいは中国やアジアの漂着民から技術を習得してきたことが考えられる。その石工としてのことが帰郷を十五年も遅らせたことにつながるのかもしれない。見聞も深め、園比屋武御獄石門が完成すると、二十五年にしてようやく彼は武富首里大屋子《たけとみしゅりおおやこ》として故郷に錦《にしき》を飾り、アカハチの乱後、中山王府から派遣されていた満挽与人《まんぴぃきゆんちゅ》は呼び戻される。さっそく西塘は蔵元を島のウラカイジ(ムトゥカイジ)に建て、八重山を統治するに至った。古老の伝承によると、西塘は屏風の立つ理から考えた屏風式の石積みをおこなっていて、それが戦前まで沖縄本島に残っていたということである。

わたしはときたま竹富島へいくと決まって石垣に触れてみる。そのたびに西塘を球陽にある「賦《ふ》性俊秀《せいしゅんしゅう》にして器量非凡《きりょうひぼん》」などとみるよりも、石くれの島《イシガンバラー》で生まれたがゆえの勤勉さと石積み技術に秀《ひい》でた従順な人間ではなかったかと。

それに彼をさらに上手《うま》く使ったのは、大里親方や三司官のうちの誰かであったというのも容易に推察される。

仮面《ペルソナ》

古記録、八重山島諸記帳に西表島古見のアカマタ・クロマタの祭祀をこのように記してある。

〈昔、古見邑《こみむら》の三離御獄《ミチャーリオン》に猛貌《たけりがお》の御神、草木の葉をまとい、頭《かしら》に稲穂を頂き、出現の時は豊年にして出現なき時は凶年なれば、所中の人、世持神《ゆむつがみ》と名付けて崇来候《あがめきそうろう》――〉

遠い昔から人々は長い歴史のなかで実に様々な仮面を作りだした。仮面というものはまず呪術《じゅじゅつ》神事的なものから演劇芸術的なものへと変化していった。特に八重山の仮面祭祀、アカマタ・クロマタの祭、それと趣《おもむき》はいくぶん異なるが盆に行われる後生《グショー》と現世とを結ぶアンガマなどにもその特質を見いだすことができる。それは仮面というもののなかに神や霊などを象徴する超能力、他界のものの表現にその原点があるからだろう。

すなわち仮面というのは本来神を表現するために創造されたものであり、人類が神々への思いを抱いたときそれは発生したといえる。それだけにどことなく神秘の翳《かげ》りが付きまとう。古見村、小浜島、宮良村、新城の若者たちはその祭で仮面を被り五穀豊穣《ごこくほうじょう》や村人の願うありとあらゆるものを可能にする神になる。村落共同体を保持していくうえで祭は重要な役目を果していたに違いない。

その昔からのながれは別の意味で、安物の玩具《おもちゃ》にさえ残っているのだろうか。子どもは鬼の面を被るといつもは一人で歩けない恐ろしい夜道をすたすた歩く。それから化粧をして顔をつくったときとか、サングラスなどをかけると別人のようになるのも、やはり仮面の呪術性と共通項がある。科学の発達にともない人間が主体性を確保しだし、神の存在や信仰が薄らいできて、仮面は消え去る運命かのように思えた。ところが、現代のように社会の機構や人間関係が複雑になってくると人々は素顔では生きていけない。そのとき目には見えない仮面をかぶる。日々、仮面と仮面との付合いで楽しく陽気に振る舞ってはいるが、こみ上げてくるうら悲しさはどうにもならない。

それに一度かぶった仮面はよっぽどのことがないかぎり外せない。

はだしのゲン賛歌

『はだしのゲン』を読んだ。

初めはかたぐるしいタッチ、キャラクター表情の乏しさ、下手なコマ割りに嫌気がさし、幾度となく放り出しそうになるのを堪《こら》えてはページをめくる。ところが読んでいるうち、少しの息抜きも許さず、そのマンガのテーマである、戦争とは、原爆とは、というのがじりじり迫ってくるのには驚かされ、読みおえたあと、最近にない良心的なマンガだと確信した。

わたしは一児の父親であるが、戦争を体験していないから子どもにそれを教えるのは自信がない。だから教えるというより、くりかえし、くりかえし、子どもと一緒に学ばねばならないと考えている。

作者は〈ぼくが原爆をうけたのは小学校一年生の夏。家の近所で遊んでいるとき、突然の爆発音に気を失い、気がついたときは腕の皮膚がつめのさきからたれさがり、ゆうれいの行進のように歩く人間たち。足の皮膚は海岸に干したワカメのようにひきずって……。夏でうす着の多かった女の人たちは爆風で飛んだガラスが刺さり、針ねずみのような姿にかわっていた。こういう情景や原爆の恐ろしさを戦争を知らないこどもたちに知らせようとマンガを描きつづけた〉と述べる。

わたしは書店で教科書の係をしていることもあって、仕事の合間に教科書やその関係の本を読むことも少なくない。こんなことがある。義務教育を無償にする、という憲法に示された原則が、今から十三年前の一九六三年になってようやく実現され、教科書はタダになったが、国は検定制度を設ける。これにより検定教科書は文部省の意向によってつくられるようになる。つまり支配体制を強化するために教育を利用しようとしているというべきか。さいきん教科書に原爆に対する記述が少なくなってきているのはそれを意味するのではないか。

そのようなとき、中沢啓治が描き上げたことの意義は大きい。この優れたマンガ「はだしのゲン」

を一人でも多くの子どもたちに読まれることを願う。

はるかな鈴の音、民話

民話に関してわたしは多くを知らない。

ただ、現在伝承されている民話のなかで特に沖縄だけにみられるというのは数少ない。しかし、似たような話のなかにもその地域でしかみられない小動物や草木などがでてくるため、聞いていて楽しく、思わず、親しみを感じないではいられない。

八重山では高木さんが八重山民話研究会の組織作りをして、沖国大の遠藤庄治先生と連絡を取り合いながら、このままでは消滅しかねない民話の採録保存に取り組んでいる。

わたしは表現の手段として絵画やイラストを用いているが、このところ自らの内面的なものを作品に展開しきれず、それを遠ざけている。

わたしが民話に関心を持つのは、いつか読んだ『こども風土記』のなかで、柳田國男が〈こんな小さなことに力を入れるのも、目的はもっと自分の中にある日本を見つけ出して見たいがためである〉と書いていたのを記憶しているからだ。その日本を、わたしも身近な八重山に置き換え考えていきたい。

そもそも民話が語り伝えるものは、その国や地域特有のものではないというのを気づかせてくれたのは石田英一郎の『月と不死』を読んだことによる。それは月の斑点に対する世界の諸民族の俗信を比較していくことにより、文化史的な過程を明確にさせている。そのなかで宮古島に伝えられる月の中に水桶を担いで立つ男の伝説や、万葉集にある「月《つく》よみの持たる変若水《おち》」の句が、欠けては満ち、死んではまたよみがえる姿で人類の不死のあこがれなどと固く結びついていることを述べていて興味尽きないものがある。

ともあれ、むかし、むかしで始まり、語り伝えられる民話には、遠いかすかな鈴の音が母の温もりにも似てわたしたちの心に響いてくる。長い歳月をへて語り伝えられる豊かな口承文芸である民話を次の世代へ伝達するのは我々の責務と言えはしないだろうか。

現代コマ割り演歌

マンガブームといわれて久しい。

ちかごろ書店の文庫棚には岩波文庫と肩をならべて各社のマンガ文庫が加わり、賑わいを見せている。そのきっかけをつくったのは、講談社が『少年倶楽部文庫』に戦前の『のらくろ』や『冒険ダン吉』を入れたのが意外と好調であったことによる。

すでに古典となったそのときどきの入手しにくい代表作が次々と各社から出版されている。いまやマンガは完全に大衆文学や歌謡曲とならぶ大衆文化の重要なジャンルとして地位を確立してしまったようである。

一九六〇年代を通じて多様に開花した日本のマンガの諸ジャンルは、マンガにこれほどのことが可能であったのかという驚きをくりかえし我々に与えながら、気がついたときにはもう単なる大衆娯楽とかマスコミの息抜きの場に位置しているだけではなく、現代の社会と人間を表現するうえでもっとも適切な表現手段のひとつに成長していた。

いうまでもないが芸術にはひとつの発展の法則がある。

　初めはいちばん低俗なところから発生するが、低俗を好んだ人々がだんだん豊かになり、地位が安定してくると、その低俗な文化をなるべく高めようと努力する。ところがある程度高尚になったところで型がだいたい決まってしまい、そのまま発展を停止する。そのとき一つの芸術が出来上がる。そうなると新しい時代の人はそれで満足できなくなり、その時代のいちばん低俗なところから新しい何かを生み出す。それがまた同じような経過をたどり一つの芸術なるものが生まれる。そういうふうに見れば、能や歌舞伎、ジャズなどもおなじことがいえよう。

　マンガにしてもながいあいだ軽蔑に耐えてきた。これを逆手にとって疎外された人々の心情を歌い上げたところに今日の開花がある。たとえば純文学や大衆文学にしろよい作品から取り上げ、くだらないものは黙殺するのが普通である。それをなぜマンガに限ってくだらないものから槍玉《やりだま》に挙《あ》げられるのか。

　そろそろ優れたマンガの優れた点を語ってもいい時期に来ているのではないか。

II

タマゴ・ラプソディー

旅行から帰り、郵便受けに詰まった地元紙を取り出しめくっていると、窃盗で逮捕、という記事が目に飛び込んできた。

〈八重山署は八月一日午後九時四十五分ごろ、新川漁港に係留中のマグロ船から卵三個を盗んだとして住所不定無職のN容疑者（五十四）を窃盗の現行犯で逮捕した。マグロ船所有の友人が、卵を盗んだ同容疑者を発見し取り押さえた〉とあり、見出しを含めてわずか十行の記事である。

容疑者の顔写真はないものの実名の載ったその記事にしばらく釘付けになり、ため息をつかざるをえなかった。

なにしろタマゴ三個である。

事のあらましを詳しく知りたくて八重山署に電話を入れようと受話器をとったが、止めた。しかし、頭のなかは会ったことのないNのことで膨らんだ。

Nはまともな男ではないのだろうか。

Nは窃盗の常習犯だったのだろうか。

Nは以前マグロ船に乗っていたことがあったのだろうか。

友人であるマグロ船所有者がNに盗《と》られたのは生タマゴか、それとも茹《ゆ》でタマゴだったのだろうか。

いつもタマゴを盗られていたのでNを警察へ突き出す決心をしたのだろうか。通報を受けた警察官はどのように対応したのだろうか。友人と警察官に挟まれ、Nはどういう態度で取調べに応じていたのだろうか。

とにかくタマゴ三個で、そういうことが起きたという事実。

Nは五十四歳というから、戦後生まれの昭和二十一年か二十年生まれということになる。そのころの食料難に育ったものにはタマゴは特別の食べ物だった。わたしも裕福な家の子どもが食べているのを見ると、物陰へ誘って巧みにすかし一口食わせてもらったりした。遠足のときになってやっと黄金色《こがねいろ》のタマゴ焼きを弁当箱に入れてもらえたものだ。目的地に向かって歩いていても弁当のオカズ、タマゴ焼きのことだけが頭にあった。そして弁当時間。フタを開けたときの香り、一口頬張ったときのたとえようのない味。三口四口食べたあと余裕ができ、辺りを見回す。子沢山《こだくさん》の家の友だちはアヒルのタマゴに小麦粉を混ぜたものでふかふかにふくらんだ色のさめたものだったりした。それでも日の丸弁当よりはいいほうで有り難い。戦後世代にとって、タマゴとはそういうものだった。

それに、これまで物価高騰のなか、タマゴほど価格変動のなかったのも珍しいといえば、珍しい。例えば、昭和二十五年のタマゴの値段が一個十円である。昭和三十八年にはプラスチック製のタマゴ入れ「卵パック」の登場。昭和五十四年には普通のタマゴの二倍、一個五十円の健康食品ヨード卵が出回ったりもしたが、安いことには変わりない。

最近、地元スーパーの特売で買ったものが一パック（十個入り）で百円だった。だとすれば一個十円ということで、Nという男が盗んだタマゴ三個は三十円ということになる。たった三十円のことで新聞沙汰になり、しかも実名まで載るのであれば不名誉なことではないだろうか。

Nのことで思い出すことがある。

Nとほぼ同年齢のわたしが二十代のころ、女性をドライブに誘い川平湾へと向かっていたときのことだった。

夏の夕暮れだった。カー・ラジオの流行歌を何気なく聴いていると、宮古島でスイカ泥棒が横行していたことから、たまりかねた農家の人が畑小屋に泊まり込みで見張っていると、人影が畑に忍び込んで来てスイカを盗《と》るのを目撃。脅《おど》すつもりで手にした鎌を振り回したところ、左太股へ刃がくい込み、出血多量のため病院に運ばれたが、男の容体は依然として危篤状態が続いたまま、ということだった。ちょうど薄暗い松林にさしかかったときの、琉球放送の雑音まじりのニュースだった。

いずれにしてもわたしが三十年も前のそのことを、Nの三個のタマゴのことと重ね合わせ深いため息をつくのは、悪いことをしたから当然の報《むく》いというのではなくて、どう考えても割が合わない、ということに囚《とら》われるからなのか。

「少年の橋」のこと

坂道を、北へ向かっていくつかの横筋の道を過ぎて歩いていくと、道の左側に福木の樹があった。大人が二人で抱え込むほどの大樹だった。ふだん見かける福木はまっすぐ伸びているのだが、その福木は違っていた。大人の背丈ほどのところから三方に枝分かれをして葉を繁らせていた。ごつごつとした幾つもの瘤になった根もとは道沿いに面してちょうど胡座《あぐら》をかいたようになっていた。

子どものとき、わたしはその根もとに腰を下ろし、何するとなく多くの時間を過ごした。

同人誌に載せた『少年の橋』にでてくる犬捕獲人《インクルサー》の親子はそんな子どものころの記憶からふわぁと生まれた。

読んでくれた友だちから電話が掛かり、あのころのことを懐かしみ楽しく読ませてもらった、と話してくれたり、また、さいきん分厚い手紙をよこしてくれた友がいた。

君のインクルサー親子の物語を読んだ。三十代の終わりに差しかかると、妙に昔のことが思い出される。あの、弘という名のインクルサーを、ときおり思い出し、なんともやりきれない気持ちになる。場末の居酒屋で飲んでいるときなど、あのころの石垣島を思う。

B円からドルに切り替わったころだった。ほんとに住みやすい石垣だった。夏など戸を開けっ放しにしたまま寝た。あのころが島の移り変わりの節目であった気がする。パイナップル工場がつぎつぎと建ち、活気を帯びていた。隣の島から石垣へと人が入って来る。

その労力を求めたのも事実だった。

やがて登野城村の果てに宮古部落ができ、粗末なバラック建てがひしめく。

石垣の人は地縁、血縁で結ばれていて、何かをするときなど迷惑がかからないように、と気をつかった。他処《よそ》からきた宮古の人たちはそうではなかった。

いま思うと宮古で生活していけない人たちだったのだ。食っていくのに精一杯だったのだろうか。性格なども石垣の人とはまるっきり違っていた。彼らを大人が嫌ったのが分かる気がする。そんなことが子どもたちの間にも暗い影を落としていた。

あの、福木の傍《そば》で弘の犬を噛ませたり、弘を殴り、麻袋《カシガー》に入れたりして苛め、君が照夫の目を当てたのを知っていながら、弘がやったのだと皆で弘に福木の実《ゴッカンナー》を浴びせたことなど、子どものときのこととはいえ申し訳ない気持ちでいっぱいだ。

その後、弘は宮古へ帰って、それっきりか？　君は弘と親しくしていたようだが、いまからでも一言詫びが言いたい。住所を知っていたら知らせてくれ。君の小説を読んでそのことを思い出し、どうしようもない気持ちに陥《おちい》り手紙を書いた。

それから、さいきん夢の中であの福木の樹がよくあらわれるが、もう老木になっているだろうなぁ。なつかしい。いつのことになるかしれないが帰る機会があれば、ぜひその福木を拝《おが》みたいものだ。

手紙の要旨はだいたいそんなものだったが、わたしは唖然とした。確かに『少年の橋』の背景は、元の沖映館から北へ上がっていったところにある大川四町内だが、物語はすべてフィクションである。

彼は二十八年前も昔のことなのですっかりほんとのことと勘違いしたのか。しかし「一言詫びが言いたい」と書いてあるからには、他の友だちと遊んだとき、そのようなことを経験したことがあって手紙を出す気になったのであろうか。

いずれにしても手紙を読みおえた夜、寝つけず、天井へ視線を向けていると、あの福木の光景があらわれ、弘がリヤカーを引いて坂を上がって来たこと。雨の日、弘と道の側を流れる溝《みぞ》にクバの葉柄《ようへい》で作った舟を浮かべて遊んだこと。鱶《ふか》に右腕を喰いちぎられた話をした弘のお父さんのこと。弘をゴッカンナーで苛《いじ》めたこと。台風がちかずいた日、弘の家へ謝りに行ったときの思いがけないことなどが、闇の中でうずまき、確かなかたちをとって心のなかでうごきはじめる。わたし自身、それらのことが実際にあったことのように思え、彼の記憶のほうが確かなのだと自分を納得させようとする。自らの創り上げた虚構《フィクション》のなかの人物が執拗《しつよう》に脳裏を掠める。ほんとに弘は宮古へ帰って、その後どうなったのだろうか。彼とおなじように謝りたい気持ちに駆られる。

眠りに落ちていくのをおぼえながら、明日こそは彼へ手紙を書こうと自分に言いきかせていた。

八重山カーブヤー

今年も新北風《ミーニシ》がやってきた。これから子どもらは、待ちかねていたかのように凧揚《たこあ》げをはじめる。八重山は沖縄のなかでもとりわけ凧揚げの盛んなところだ。

わたしの少年のころは近所のほとんどの子どもが、凧をつくり、また、年齢に応じて、カーブヤー、アヨウー、ウズヌアヤヌピィキダー、六角凧、八角凧、ピィキダーなどと実に多彩なものだった。だいたい小学校の低学年などは、カーブヤー、アヨー、中学年はウズヌアヤヌピィキダー、六角凧、高学年あるいは中学校になると、八角凧、ピィキダーと技術的に高度な凧作りを求めながら成長していった。

説明するまでもないが、凧作りはまず、竹を削り、骨組みをし、それに紙を貼り、糸目《シャク》をつけ、そして尾《ジュウ》シャクで完成になる。凧作りの竹は小浜島のものがいちばんよく、その竹が着くとわたしたちは競い合いながら駆けつけ、手のなかに汗ばむほどあたたかくなった硬貨三枚ほどを店の主人へ渡し、数多くのなかから、充分に成熟し、太くまっすぐ伸びた竹を選んだ。凧作りの季節になると、必ずといっていいほど、兄弟の多い家では物干し竿が行方不明になったりしたが、後日、竿の先端《スラ》が床下から見つかり、油をしぼられたりしているのをよく見かけたものだった。

当時はフエキ糊の出始めで値が高く、主にご飯つぶを使用するので、紙貼《かみば》りの終わるころになると人差し指が痛くなる。それを名誉の負傷のように自慢する姿などは、思い出しても楽しいものだ。

大正十二年二月四日には天文屋《テンブンヤー》の御主前《ヌウシュマイ》こと岩崎卓爾が〝八重山健児へ〟と呼びかけ、卓爾主催の「少年凧上げ大会」を測候所前の草原で行ったことは、今でも語り伝えられている。かつて沖縄全島に子どもの遊びとして盛んであった凧揚げも急速に失われていくなかで、八重山では今なお盛んに凧揚げ大会が正月に行われている。凧揚げの遊びをとおして、八重山を誰よりも愛し、八重山のために捧げ尽くした卓爾の心を現在の子どもに伝えることは、せめてものはなむけになりはしないだろうか。

シャクシメー

あのころ、わたしたちの凧揚げの場所は、旧琉米文化会館前の広場や、農林高校の運動場であった。新北風《ミーニシ》の吹くころから、飛ばしはじめた凧揚げも正月がちかづくにつれ、やはり凧のアクセサリーとなるシャクシメー（糸目攻め）を持たなければ、他の友と比べ、少なからず肩身の狭い思いをしなければならなかった。

沖縄本島ではシャクシメーのことをハビル・フータンというが、それはおそらく蝶々風弾か羽広風弾の意と思う。またそれは古くから沖縄本島、八重山にのみ伝えられているものらしい。

シャクシメーは、大型のピィキダーなどにいちばんよく似合った。当時は今とは違い紙がとぼしく、シャクシメーの紙片《しへん》は、古ハガキや、少年画報、少年、少年クラブの読み古しのマンガ雑誌などがそれで、十万馬力のゼエット推進力を持つ、ロボットの鉄腕アトム。剣をとっては日本一に……真空斬りの赤胴鈴之助。どこの誰かは知らないけれど誰もがみんな知っている……月光仮面のおじさんたちなどと、そのころのヒーローが勢揃いし、シヤクシメーの紙片となったりしていた。シヤクシメーを仕掛けるときなどは、凧糸がダレルとあまりかっこうのいいものではないので引きシャクに直したものだった。シャクの結び目から一直線に伸びた凧糸を、風に吹かれひらひら羽根を開閉しながら舞い上がる蝶を思わせるのだが、実際にはそうではない。相当な速力で上昇していく。そしてシャクの結び目に、シヤクシメーの先の蜜を吸うような螺旋《らせん》がぶつかると、手前の弓なりの竹が外れ、紙片が太陽の光を浴びて銀のかがやきを放ちながら大空に散り、赤瓦の屋根、若葉がみずみずしい芭蕉《ばしょう》の葉へゆっくりとやさしくおちていく光景は、今なお忘れることができない。

原始凧

凧作りでいちばん簡単なのはカーブヤーである。
真四角の紙一枚と竹骨二本で仕上がるからである。

わたしはカーブヤー以前の凧はどのようなものであったろうと考え調べてみた。

その手掛かりとなったのが木の葉凧である。それはデイゴ、ヤラブの葉の葉脈に糸目《シャク》をつけ、尾《ジュウ》を一本垂《た》らしたものだ。それがカーブヤーの原型になっているのではないかと思う。その他にタブ、福木、芭蕉の葉も用いられたらしい。台湾では昔アミ族がパンの木の葉で凧を作ったという話もある。

考えてみると、木の葉にその中心からシャクを二本とるだけで飛揚する木の葉凧は凧のなかで最も原始的な型であるわけだ。

遠い昔、南方系の原住民の間では不思議なものにはすべて精霊が宿るという信仰があったので、空中へ舞い上がる凧への驚きは原住民の間に呪文による凧信仰まで生み出させた。また、凧によって神への占いを当てたり、あるいは宗教の具として用い崇拝する風習をもっていた。つまり当時の人々は神や英雄を空高く上がる凧のイメージと強く結びつけたわけだ。

先日、夕刻になり一人散歩に出掛けた。どれくらい歩いただろうか、辺り一面、まさに雲海のごとく砂糖きびの穂である。季節感の乏しい沖縄だがそれにより束の間の秋の気配を感じることができる。少しばかり冷たい北風を肌に受けながら歩きつづけていると頼りげない橋の下に傘の代用にでもなるクワズイモの密生しているのを見かける。近づいて注意深く見ると、そのしっかりした葉脈といい大きさといい、シャクをつけるとすぐにでも舞い上がりそうに思えた。

翌日、さっそく試してみたが予想に反して飛ばなかった。考えれば生の葉は水分が含まれているから重くて揚がらないわけだ。そのような簡単なことが実際にやってみるまで分からない。しばらく歩き回りデイゴの木の下で、落ちて間もないまだ青みの残った葉を見つけ、シャクをつけてやってみると頭振《カブイ》しながら飛びあがる。たとえばピキィキダーがお父さん格ならそれは可愛らしい子どものようだ。

思えば、大正十二年二月四日、岩崎卓爾《いわさきたくじ》主催の「少年凧上げ大会」のころから、デイゴの葉の凧をパーヤーと呼び飛ばせていたのだ。

おじさんの凧

正月が近づくと思い出すことがある。

それは酒屋のちかくで凧をつくっていたおじさんのことだ。

独り者だったおじさんは脚《あし》が不自由で、松葉杖《まつばづえ》をついていた。わたしは友だちから口づてに聞いたおじさんの家へ行った。そこは通りより落ち込んだ屋敷にある赤瓦の寂《さび》れた家だった。がらーんとした広い部屋の壁に出来上がった凧がたくさん掛けられてあった。どの種類の凧を見てもわたしたちの作る凧より、一回りも二回りも大きかった。

そのころ、凧を作っている大人を知らなかった。大人が凧を作っている、それだけでも珍しいことだった。

ところが、それだけのことで子どもたちが集まってくるはずはない。そう、凧にはすべて絵が描《か》かれていた。その色彩にわたしは不思議なものを感じないではいられなかった。描かれる絵は少年漫画誌の子どもたちに人気のあるヒーローばかりだった。

上手《うま》いとは思わなかったが、おじさんの絵筆からながれる色が違っていた。赤はひときわ際立《きわだ》ち、黄は映《は》え、青は二つの色をうまく融和させ、実に例えようのない鮮やかさだった。

自由にならない脚のため腹這《はらば》いになり、肘《ひじ》で身体を動かせ、赤い絵筆をくわえながら、何時間も描きつづける。ときおり子どもたちを濃い眉の奥から見る眼は、萎《しぼ》んだ花を思わせるものだった。

凧を買い、喜び勇んで門から駆け抜けていく子を呼び止め、値段を聞くと耳を疑うものだった。

薄暗くなった道を走りながら「自分で凧を作りきれない金持ちの家の奴が買うんだ」と自分に言い聞かせていた。夕飯どき、母の顔を見ながら、わたしは喉《のど》までくる言葉を何度も押し戻した。

しかし、あの凧が欲しいことに変わりはなく、おじさんのところに何度も足を運んだ。壁の凧は正月が近づくにつれ、一つ、二つ、と姿を消し、様々な色彩で埋め尽くされていた部屋が暗く沈んだものになっていく。

そして大晦日《おおみそか》、凧は一つもなくなっていた。暗がりのなかでぽつねんとして白い服を着て酒を飲んでいるおじさんが「今日も来たねぇ、凧はもうないよ。また来年だな。しかし来年は……」

おじさんの口調は島の人とはどこか違っていた。わたしはいくつかの皿に固くなっている絵の具に目を投げかけたままぼんやり佇《たたず》んでいたが、やがて夕暮れの町をトボトボ歩いた。

暗くなって帰ったわたしは母に叱られたあと、硬貨を握ってしぶしぶ銭湯《ユーフルヤー》へと向かった。子どもはいない。天井へ吸い上げられた湯気が冷たい滴《しずく》となって湯槽《ゆぶね》へ落ちてくる。湯気のむこうにいくつもの凧がゆれているのをみた。

翌日、村の北がわにある広場へ凧揚げに行った。四、五人の子どもが群がっている。そのうちの一人が「こんな飛ばないものなんか!」と、泣きながら爪を立てて破いている。驚きのあまりわたしは凝然《ぎょうぜん》と立ち竦《すく》んだ。あの欲しくて堪らなかった、おじさんの描いた絵入りの凧だった。

おじさんの描いた絵が剥《は》がれ冷たい北風のなかを舞っていた。

ハイビスカスと仏桑花《ぶっそうげ》

旅行社や空港へ行くと沖縄をＰＲする観光パネルが外国のそれとすこしの見劣りもなく肩を並べ堂々と掛けられている。それには必ずといっていいほど赤瓦屋根の端、ちょうど赤いミニスカートからのびたまぶしいばかりの白い脚を、逆さにしたようなハイビスカスが、わがもの顔に位置を占めている。

好みからすると、このハイビスカスはあまり好きではない。ハイビスカスはちょうど、祖国復帰を前後して本土のマスコミが勝手に沖縄を代表する花につくりあげた感じがしないでもない。そんなこともあってか、今や亜熱帯の沖縄で年中花を咲かせるハイビスカスのほうが県花のようである。

ハワイでは、ハイビスカスが州花であることから、改良が進められ、三千以上もの品種があるといわれるから驚きだ。わたしたちの知っているのはそのうちのどれぐらいか。白、桃、紫、紅、赤、橙、黄などの色のものや一重咲き、八重咲きがあり、花径が十～二十五センチに及ぶものもあるらしい。

ハイビスカスについて詳しく調べてみると食用、繊維用にもしていたとあるが、沖縄にもそのようなことはあったのだろうか。ハイビスカスは仏桑華《ブッソウゲ》ほか数種と、それらの複雑な交配により育成された多数の品種をさすのであるが、わたしはハイビスカスとブッソウゲを意識的に違うものとしてしている。仏桑華はわれわれの魂《たましい》の花で後生《グショー》と現世をむすぶ花なのだ。

それに、それはタブーのイメージがたえず交錯する花でもある。

さいきん、石垣島の道路わきにもブッソウゲを植えているが、できるならそれはハイビスカスに換えたい。いくらたくさんの花をつけたとて美しく健康的なものを感じられないばかりか、圧政のなか喘忍《あえしのん》だ先祖の苦しみや哀しみを象徴しているかのようだ。怨《うら》み、つらみ、いわゆる怨念《おんねん》の花といえはしないか。

そう、仏桑華《ブッソウゲ》はあるべきところで咲いているのが似つかわしい。

ホタル

夜中、足もとに青白く光るものがわたしの目を捉える。捕まえようとすると、指先にガサガサとした感触で動く。木切れですくい上げてみると、なんとホタルの幼虫である。美しい光とはうらはらに醜《みにく》い。胴は十くらいの節からなっていて、尺取り状に動き、動作はにぶい。尾端の発光器から放つ二つの光は暗闇でも手のひらで体がハッキリ浮かび上がる。

沖縄にはパインや野菜、果樹などを食い荒らす害虫として嫌われものであるアフリカマイマイがいる。ホタルの幼虫ともども夜行性である。だから餌《えさ》には事欠かない。あとは卵から孵化《ふか》した幼虫が育つためのきれいな川の流れや池があれば姿を消すことはないだろう。ただ、沖縄に数十種類いるというホタルだが、幾らかは石垣の下の草むらに棲息《せいそく》している。昼間、石を引っ繰り返したりすると、湿ったその裏に丸くなって眠っている。

本土で、真菰《まこも》という竹のように節のある植物の茎《くき》を切り筒の一部の皮だけをむきあげ、中の小さな仕切りこにホタルを入れて用いるホタルブシというホタル籠《かご》の玩具があるが、それに負けないくらいハスノハギリのジンジンパーレパグが八重山にはあり、ホタルを五六匹入れると提灯《ちょうちん》になる。

これはとても美しくて幻想的な玩具《ンダミムヌ》である。

盂蘭盆《ソーロン》のころになるとその遊びができる。

まだ、しばらくは幼虫のままだが、これから蛹《さなぎ》になり、やがてりっぱな成虫となって飛び立つ。

八重山の風物詩ともいえるホタルの右に左にながれるやさしい光をいつまでも失いたくないものだ。

稲荷《いなり》ずし

稲荷《いなり》ずしが町に出回ったのは一九五七年の、わたしの小学三年生くらいになる。

母が市場帰りに予約してあるのを、朝の六時前に起き、取りに行く。大川村の家から坂道を下る。モヤシ屋を過ぎ、歩いていくと、ちょうど薬局の南辺りで昼間のような明かりを放つところから、鼻の奥までツンとする匂いがしてくる。中を覗《のぞ》くと、酢《す》をまぶした炊き上げのご飯をおじさんが大きな団扇《うちわ》ではたき、隣の若い男がしゃもじでひっくり返す。それを主人が狐色《きつねいろ》した三角袋の油揚げに手際よく入れ、真ん中に、紅《べに》の生姜《しょうが》をかるくのせる。たちまち出来上がっていく。夢中になって見ていたわたしは、慌てておばさんたちの列にくわわり、紙にくるんでもらった稲荷《いなり》ずしをていねいに持つと、来た道を急いだ。

母が三個の稲荷《いなり》ずしを弁当箱に入れるのを見ながら箸《はし》をうごかせていると、近所のおばさんが、炊事屋《トーラ》の入口で何やら話している。悪い予感がした。案の定、母の声がする。どうせ残すはずだから一個分けてやれ、という。そこの家には園児がいる。わたしはおばさんに顔を見せず断った。

そんなこともあって変な気分で家をでると曇り空だった。

家々の鯉のぼりに生気がない。学校から観音堂までの道すがら歌をうたい歩く。空はさらにどんよりしてくる。大きな岩山近くで、着物の尻をまくり上げ、褌《ふんどし》をたらした爺《じい》さんが、水牛に引かせている鋤《すき》の手を休め、わたしたちを眺めている。やっと着き、昼食時間になったとき雨が振りだした。わたしは数人の友だちと浜づたいに繋るアダンやユウナの葉をかき分け、屈みつつ、奥へと進み、適当な場所で車座になった。手の砂を払い、急いで、弁当箱の蓋《ふた》をあけ、稲荷ずしを口にしたところで、土砂降りになる。葉から垂《た》れ落ちる滴《しずく》で稲荷ずしがほろほろくずれ、一個半食べるのが精一杯。残りを友だちに与えようとしたところ落としてしまった。しばらく砂だらけになった稲荷ずしを見つめたままだったが、残り物と合わせて砂に埋めた。

そのころから比べると、ずいぶん小さくなって透明の器に二個収まり、マチヤーぐわぁに並べられている稲荷《いなり》ずしを見ていると、あの日のことが瞬時に甦《よみがえ》る。

星空

あれほど勇ましく夜空を我がもの顔に振る舞っていたオリオンが、疲れたのだろうか、からだを傾かせ西の空へ沈みはじめた。

下弦《かげん》の月がまるで金の舟のようにペテルギウス（オリオン座）、カペラ（馭者座《ぎょしゃざ》）、プロキオン（子犬座）、カストル、ポロックス（双子座）の四角形のなかで浮かんでいる。

馭者座の下のほうで独り光を放っているのは雄牛座のアルデバランだ。そばにあるはずのスバルは月明かりに姿を消されている。わたしはベランダで星を見ながら過ぎ去った日のことを思い浮かべていた。

冬の始め、東天にあがってくるスバルを双眼鏡で見たときのことは忘れることができない。青白く清らかなきらめきを放つ若々しい星たちの群れ、星団をつつむガスに光を反射して輝く美しさはたとえようがなかった。

肉眼で見るときは蛍の尾光か、あるいは少女マンガにみる瞳からこぼれおちる涙を思わせた。また、オモロの「上がる三日月の節」では神が差す櫛《くし》のようだと、実に美しい比喩《ひゆ》で表現している。このようにスバルは誰でも魅せられる星である。

わたしは少年のころ、夜はとてつもない巨きな悪魔が司《つかさど》っていると信じていた。陽が落ちると、黒くて分厚い幕を被せたあと、退屈なので悪戯《いたずら》をして針で無数の穴を開けたが、それでも飽き足らず、さらにいろんな形を創る。ところがこれではあまりにも暗いので、昼を司る神が悪魔を説得して、満ち欠けをくり返す穴を創らせる。そのお蔭で若者たちは恋をささやくようになっていった。だからいつも思っていた。星と月は天の穴だと。

ある日、隣に住んでいた星好きのおじさんが、こんなことを教えてくれた。

——今、太陽は働き盛りの五十億歳で余命五十億年。そのころだと年老いた太陽はぶよぶよにふくらんで地球を呑《の》み込み大爆発を起こすんだ。五十億年後は太陽も地球もなくなるんだよ。でもね、星が爆発を起こしたときに飛び散ったガスが冷たい宇宙に漂うチリの集まりになり、やがてガス星雲となり、その冷たいガス星雲のなかからたくさんの星が生まれ、一人前の星に成長して、数億から百億年くらい輝き、歳《とし》をとるとまただんだん膨らんでいき、大爆発を起こすんだ。広い宇宙のなかでそれが絶えず繰り返されているんだよ——。

この話を聞かされたとき、五十億年という途方もない時間がのびたりちぢんだりして奇妙な気分になり、自分が宇宙のなかでは黴《かび》と何ら変わらないもののように感じたのを今でも覚えている。そしてこれまで気にも止めなかったちいさな昆虫などに親しみと関心を示すようになった。人間からすればほんの短い一生という時間に愛を囁《ささや》き、産卵し、土へ溶けるようにかえっていくのをみると考えさせられるものがあったからだ。

　ラジオから「夢のハーモニー」をつげる魅惑のメロディーがながれているのに気づく。いつもの優しい語りが耳の奥まで響いてくる。何気なく階段を降り、集会場ちかくの遊び場にあるベンチに腰を下ろす。目の前には、子どもの相手で疲れたブランコが微かにゆれている。北の空を仰ぐと、大熊座の北斗七星から牛飼い座のアルクトウルをへて大円弧《だいえんこ》の先が乙女座のスピカへと南へのびていく。春の大曲線がつくる大きなカーブである。

　北斗の巨大な柄杓《ひしゃく》からの水が散ったのだろうか、部屋へ戻るとき草の葉先でかかとが濡れた。

南十字星を見に

ベランダから夜空を見上げるといつの間にか雲がなくなっている。

今日は見えるな。

思わず身体《からだ》が軽くなりジュリーを口ずさむ。

そのとき、電話が鳴った。「もしもし、僕ですが、行きませんか?」との電話にわたしは応える。

「そのつもりでいたところだよ。よし、これから向かうから」

彼を乗せ車を走らせる。助手席の彼、Tはアマチュアの天体写真家だ。加速をつける。タイヤがアスファルトに張りつき滑っていく。前方にのびるライトに吸い込まれてくる羽虫が窓外の墨絵の風景とともに棄てられていく。風がこめかみの細い髪をなぶる。ギンネム並木が過ぎ去る。閉じていた葉は、強いライトの光に眠りを妨げられなかっただろうか。撮影機具が車の後部で摩擦音を立てている。

わたしが彼と知り合ったのは、あるスナックでのことだった。わたしはそのとき出版社の編集人と一緒にカウンターで酒を飲み交わしていた。「むしろ八重山の良さは何もないことではないでしょうか。観光といったって、楽しませる施設があるわけでもないから。またそのようなものを余所と同じように真似ても何にもならないんですよ。ほら、よく言う、きれいな空気、空、海があればそれで充分なんだと思うんです。それに四月から五月にかけては南十字星だって見えることだしね」と、話し掛けるわたしに「きみぃ、南十字星の四つの星のうち、いちばん下の星を除いた三つしか見れないよ。デタラメなこと言うなよ」などと相手にしない。アルコールが力を貸していることもあってかわたしは同意できずに続ける。「あのですね。実は沖縄本島の南部からでも四つとも可能なんです。ところが大気の減光で肉眼で見るのはむつかしいということです」「へーえ、君の話しているとことも肯《うなず》けないではないが、星のことに関して多くの本を出している草下英明《くさかひであき》という方が星座手帳のなかでちゃんと書いてあるんだぜ」。聞く耳を持たないとはこのことだ。これだからデキのいい人は困る。実際に確かめた人の話を聞かないで。ちえっ、勝手にしやがれ……。

そのとき、隣にいてわたしたちの話を聞いていたのがTだった。彼は自分が星についてある程度の知識のあることを話し、南西諸島は南十字を完全な形で見ることの緯度で、とりわけ八重山の島々が我が国ではよく見えることを少年会館に勤めていた経験をふまえて話す。酔った出版社の方は草下さんに会ったら、その本の訂正を求めなければと何度もつぶやく。「もしかして、復帰前に出版されたということがあるかも知れません……」というわたしの話は聞いていないようだった。

それ以来、彼と付合いが今日まで続いている。

大浜村の入口付近から右へ折れた海へと伸びる道の途中で、車を止める。カラス座の下ではケンタウルス座がおおきく横たわっている。その下にやや傾きかげんの南十字星がはっきり見える。下の星は水平線から二度だから、黄道をとおるスバルなどのように長時間見ることは出来ない。四星、完全な形で見れるのは三時間程度ということになる。

やがて十字が右へ傾きはじめたころに、アルファとベータの二星があらわれ輝きを放ちはじめた。

Tは雲に隠れた北極星がでるまで待っている。南十字星のガイド撮影のためだ。静けさのなかで単調な虫の鳴き声がわたしの鼓膜を震わす。草むらの中では無数の土蛍《つちぼたる》が光を放っている。まるで星のかけらだ。

ケンタウルス座の東側には立った姿のサソリ座がのぼってくる。サソリの心臓の赤い星を見ていると、やがてながく暑い季節のおとずれるのを知らされた。

星航海

ラッパが鳴り響き観衆が総立ちになる。

エルサレム大祭の戦車競走。砂煙をあげ、猛烈な勢いで疾走する戦車に、戦車後部をもぎとられ、馬蹄《ばてい》に踏みにじまれ戦車の下敷きとなるメラッサ。場内に溢れる戦車の響きと歓声の渦のなかを、力強くゴールへ向かって疾風のように走るベンハー。

雑誌のグラビアをめくっていて、ウイスキーの宣伝広告にカウボーイのかっこうをした男が夕焼けをバックに白い馬に跨がっているのを目にしたとき、映画で戦車を引いた白馬がベンハーの前に現れたとても印象的なシーンを思い出していた。

イルデリム族長が幕舎でベンハーに戦車競争の馬を自慢げに見せ、馬の頬《ほお》を軽く叩きながら生気に満ちた顔でしゃべる。「これがリゲル、それはアンタレス、むこうがアルデバラン」と言いながら、それぞれの馬へベンハーを引き合わせる。

わたしは観ていて、何と贅沢な名前をとため息をついたものだった。リゲルはオリオン座を代表する青白星、アンタレスは蠍《さそり》の心臓と呼ばれる赤い星でサソリ座の星、またアルデバランは雄牛座のなかでひときわ輝きを放つ星で、それぞれ夜空を代表する一等星である。

なるほど、ああいうところで一夜でも過ごしたなら、星の重要さが分かるはずである。行けども行けども海のように広がる砂漠では商隊たちに目安となる星座は不可欠で、どれほど星を頼りにしていたか計りしれないものがある。

それとギリシャの勇将オデュッセウスがトロイヤ戦役に勝利をおさめて故郷へ帰還するときの物語である「オデュッイアー」にはオデュッセウスが、スバル、牛飼座、オリオン座、大熊座などを方位を知るために用いていて、太古の航海術を知る上で極めて興味深い。第五書の詩は女神のうちでも特に気高いニンフ、カリュープソーの見送りを受け、天までとどく樅《もみ》の大木を切り倒して造った船で輝く海へと島をあとに出帆する。そのときの様子を〈それから彼は舵《かじ》をあやつり、技もたくみに船をどんどん進めていった。座ったまま、だがけっして眠りが瞼にふりかかるのも許さなかった。スバル星をながめたり、おくれて沈む牧人座の星、あるいは大熊座の、世の人に荷車（北斗七星）

と仇名《あだな》をよばれ、同じところをぐるぐる回ってオーリーオーンの見張りをつづけ、ただひとり、大洋河の水の沐浴《もくよく》にあずからない、この星々の観察を怠らないのも、女神のうちにも気高いカリュープソーが（オデュッセウスに）海上を進んでいくおり、いつも左手におくようにと命じたからで〉などと記されている。

わたしは雑誌を机に放り出すと、ソファーに深く腰を下ろし、いつも喫っている軽い煙草をくわえると窓の外へ目を向けた。以前、八重山の古謡に現れる星のことを調べたとき、群れ星（スバル）やカブシ星（牡牛座のヒャデス星団）、ユサシ星（オリオン星）などしかでてこないので落胆したことを思い浮かべた。それらはすべて農耕目的で季節を測知するためであった。星を航海の目安とするまでには至らなかったのだろうか。わずか、教訓歌に残るのみである。沿岸漁業であったから、その必要性が無かったのも頷けるが、しかし沖縄本島の場合、古くはマラッカ付近まで行き、交易をしていたことは記録でも明らかであり、それに隣の宮古島保良《ぼら》村の船がシンガポール付近に現れていたともいわれている。海流や夏と冬の季節風に任せての航海であったのか。

いずれにしてもまだ天文航海による古記録へはお目にかかれない。

窓からの眺め

朝靄《あさもや》の中から微かに風景があらわれるころ、わたしは重い身体をソファーに沈める。波止場などで見かける転がった黒い空っぽのドラム缶みたいだ。やがてカンバスに描《か》かれていく風景画のようにゆるい時間のなかですこしずつ色彩がくわわっていく。

この窓は実に広い風景をわたしに与えてくれる。猫背の山がその輪郭《りんかく》をはっきり見せるとき、幾重かのみずみずしい緑が窓枠の両脇で引っ張り合う。

いつもと同じ時刻に男が窓枠の左から現れる。本人は一定の速度で走っているがわたしの眼に映る彼は、まるで亀だ。もちろん顔まで見えないので歳のころは分からない。両腕が交互に動く。わたしからの距離は七百メートルはあるから、力強く蹴っているはずの足音などとどかない。まるで無声映画だな、とつぶやきちょっぴり悪戯《いたずら》してみたくなる。

おい！　君！　君！　もっと高く腕をあげろ！　よし！　そうだ……それから目の向きはこれではダメだ。朝日に向かって希望に満ちた顔だ。いいね！　もう一度最初から撮《と》り直しだ、ダメなら何度でも繰り返すからな！　ハイ、ではいくぞ、スタート！

メガホンを持った自分の姿だ。

一度でいいから映画を撮りたいという思いが、想像の遊びへと駆り立てる。彼の顔をアップする。額からふつふつと湧き出た汗がながれ眉へすいこまれる。顔からの汗が顎をとおり首筋へ入ってたまりすーっと胸の谷間へ落ちていく。シャツに汗がしみこむ。カメラが汗のながれを追う。

ハーイ、今日はこれまで！

すると、空気をほぐすざわめきが起きる。

わたしはくわえ煙草から紫煙をくゆらしながら、早くも音楽は誰に任せるかを思案する。菅野光亮《かんのみつあき》にでもするかと考える。すると、どうだろう。わたしの頭の中は宿命ともいえる業病を背負った父と子の悲惨な旅立ちのシーンにながれた音楽が強烈すぎて気が重たくなる。早坂文雄《はやさかふみお》がいればどうするか。その場合走っている人間を初めからアップなどと愚かな真似はしない。ロングショットで撮る。それから「羅生門」でのボレロの調べを少し違った重みのある感じでと注文する。こうすればきっと映像と音楽は上手《うま》く重なるだろう。まず男がまわりの風景に圧縮されるかのように走っている。ボレロのリズムが静かに鳴り出す。そうすれば観客は期待感で胸が騒ぐかもしれない。そして出演者に希望に満ちた顔でと頼んだのを取消し無表情な顔でと注文する。これがいい。初めの伏線《ふくせん》の出来に満足する。しばらくして、わたしがもう一度、スタート！　と叫んだとき、男は左足だけを残し、窓枠から消えた。何やら中途半端でフイルムが切れた感じだ。白っぽい朝の光が部屋を包み込む。

その後、幾日かが過ぎわたしはその道を走っていた。どうして走ろうかと思い立ったのか分からない。いつも朝が訪れる度に窓から見ていた風景のなかを一度は自分で走ってみたいという潜在的なものがあったのだろうか。咄嗟《とっさ》の行動だった。生まれ変わったばかりの空気を深く吸う。撒《ま》かれて幾日も経ってない黒砂糖のような土塊《クチャ》が靴の下でボクボク潰れ音を立てる。細い脚の関節がぷちぷち鳴る。いくらも走らないのにすでに息切れがする。吸うより吐く息のほうが激しい。赤毛の犬が長い舌をたらしやって来る。こんな時間になんて奴だ。たぶん一匹の雌犬さえものにできなかったに違いない。横腹を押さえ身体を苛めるようにどんどん加速をつける。右へ曲がり、さらに走り続ける。頭の中の不要なものがなくなり軽くなっていくようだ。脚が浮く。ふらついているだけなのに空を飛ぶ感覚とはこういうものかもしれないと思ったりする。右側に見える団地のわたしの部屋の窓を眺めたとき、思わず笑いがこぼれる。窓が文庫本、いやマッチ箱の大きさだったからだ。朝日のなかで四角い鏡のようにたくさんの光を反射している。まるでトンボの複眼だ。

あの日、わたしの見た走者は横目で見ながらきっとこう思っていたに違いない。こんな箱を積み重ねたようなところで人間が住めるのだろうかと。

ロッキー

若者であれば誰だって何らかの希望を持っているはずだ。たとえそれが実現不可能と思える夢であっても。

『ロッキー』は希望あるいは夢を持ちつづけている人たちが、共感を呼ぶように創られた映画であった。

わたし自身観ていて、死にかけていた身体の器官が静かに始動し、ストーリーの半ばから後半にかけて熱く燃えた。主人公のロッキーが自分の分身にさえ思えたくらいだ。いつもは醒めた気持ちで観るのに、そのときばかりは子どもがマンガを読んでいるみたいにスクリーンから目が離せないようになる。久しく忘れていた体感が甦《よみがえ》ったものだった。ところが時が経つにつれ、虹の美しさに似てはかなく消えていく感じがしたのだ。

ストーリーの粗筋はこういうふうである。

四回戦ボーイでヤクザまがいの主人公ロッキーに突然降って湧いたようにチャンスがおとずれる。そのチャンスというのは、たまたまヘビー級チャンピオンの黒人選手アポロの対戦者に故障が起き、出場出来なくなったところをアポロが自分の興業目的のため無名のボクサーに、アメリカはチャンスの国だからチャンスさえ掴めば誰でもスターになれると吹聴する。むろんアポロ本人は挑戦者に対して万に一つでも負けるとは思っていない。いってみればチャンピオンのアポロにとって対戦者は誰であろうとサンドバック代わりなのである。白羽の矢を立てられたロッキーがこれまでのぐうたらな生活を改め、ただひたすら試合へ向かってトレーニングを積み勝負へと挑む。アポロはリングに上がると観客へ向かって笑いながら軽くウォームアップをして余裕のあるところを見せる。観客の誰もが三、四ラウンドでノックアウトを食らうと思いつつ観ているのだが、ゴングが重なるにつれ、凄まじくなっていく試合に観客は熱狂してくる。意外に苦戦しているアポロが突然スリップして倒れると場内が騒然となったりするが、最終ラウンドのゴングが鳴り勝負はアポロの判定勝ちとなる。最後まで戦い抜いたロッキーは勝負に負けこそしたものの四回戦ボーイからヘビー級の上位へランキングされ、スターの座を掴むことになる。

だが、この映画に新しさなんて無かった。不幸な男が努力の末、栄光を勝ち取るというよくある古典的なストーリーなのだ。そんな映画ならわたしたちは洋画邦画を問わず数知れず観てきている。ところが、先の読めるものにしろ無駄のないプロット運びは観る者をぐいぐい引っ張っていく。そのパワーに圧倒させられたことは確かだった。またこれほど映像と音楽が見事に結びついた映画は最近では数少ない。

わたしが気に入ったところは、ロッキーが目覚し時計に起こされ、眠い目を擦りながら冷蔵庫から取り出したタマゴ七個くらいを立て続けに割り、ジョッキ一杯の生タマゴを水のように一息で飲み、まだ夜の明けきらない冷えた街へと繰り出すところからだ。ディスコ・サウンド調の力強いテーマ曲がながれるなかを全速力で走るロッキー。エンジンのピストンのようにフル回転する脚。自信に満ちたロッキーの顔がアップで迫る。身体いっぱい朝の光を受けたロッキーが仁王立ちになりフィラデルフィアの街を見下ろす。そこのところはとても印象的なシーンである。わたしはそのときアメリカの栄光を象徴する、星条旗よ永遠なれが鳴り響いている錯覚に囚《とら》われていた。

やはり、夢を追い求めるアメリカの人々が共感した映画なのだろうか。それともわたしたちが失いかけた、人間にとって大切なものが一時的にせよ新しく姿を現した感じがして共感を呼んだのだろうか。

星虫

ドライブでもしようかと車に乗り込み、キーを差し込むと、助手席のシートの下から青白いちいさな光がすーっときて、車内をゆるく旋回する。ホタルだった。じっとしていてハンドルに近づいたのを捕まえ、籠《かご》にした手のひらのホタルを飽きずに眺めた。

ドアウインドウをすこし開けていたのでそこから入ったのかもしれなかった。新鮮な空気を与えなければばならない。ときどき指を交互に開く。生気を失いかけていたが、ほら飛びなさい、と勢いをつけ手のひらを上げて開くと、ちいさな光が風にながされるように黒い木々の間を縫っていく。

わたしはその光が見えなくなるまでしばらく追っていた。

そのことがきっかけで、以前から気になっていたホタルの幼虫のことを思い出したのだった。

あれはミーニシの吹く季節だった。

いつものスナックで友だちと酒を飲んだのだが、タクシー賃がなくて歩いて帰ることとなった。美崎町から登野城団地までの距離は遠く、なんで飲んでしまったのだろう、と考えたりしながらもその日のことが頭のなかで無声映画のように繰り返されてくる。歩きながら歌をうたう。カラオケで歌ったときはエコーが効《き》いていたが、歩きながらでは伴奏もなく、発せられた声はすぐさま拡散される。そのうち団地特有の縦と横に並んだたくさんの明かりが見えるころ足はくたくた。

そのとき、道の側の草むらに光っているのものが目にとびこむ。ホタルだ、と胸はずませ掴んだところギクッとする。見ると、ホタルとは似ても似つかないグロテスクなもの。思わず払い捨てたあと、木切れですくい上げ恐る恐る見る。発光器からの光で浮かび上がったからだは、二センチほどの体長で胴が十くらいの節からなっている。初めて見るものだった。木切れの先で尺取り虫のように動いているのを見てこれがあのホタルになるのかとため息をつく。

ところが、その後も光る虫は季節を問わず酔ったわたしの前に姿を現しつづけるので、これはほんとにホタルの幼虫だろうかと疑問を抱きはじめた。

六月の初め、南十字星のガイド撮影に大浜村の入口付近へ出かけたときに見かけた無数の幼虫はすべて成虫になったのだろうか。

それらの光る虫がすべてホタルの幼虫であってもかまわない。

ホタルは減っているはずなのに、その幼虫といわれるものは湿りけのある民家の石垣にもへばりついていて光を放ち、年々増えている。

ホタルに関してほとんど知らないので調べてみると、八重山にいるホタルは一般的に知られている本土のゲンジボタルやヘイケボタルとはまったく違う熱帯性のものでマドボタルのほか数種とさらにツチボタルもいるのではないだろうかと考えざるを得ないくらいだ。というのもファーブルの昆虫記に、ツチボタルの雄の幼虫は翼をつけ飛翔するが、雌は幼虫のままの哀れな姿のままで飛ぶ喜びを知らない。彼女が光り輝くのはやがての交尾のしるしである、と記されていたからだ。

そんなわけでホタルの幼虫をツチボタルと関連を持たせたりもする。

今年も数多くの幼虫を見かけたが成虫は車の中にまぎれこんだ一匹だけだった。それからわたしは草の根もとなどを這いずり回り白い光を放つ気味悪いものを勝手に星虫と呼んでいる。

火の鳥

あるマンガを注意深く読んでいる。

それは宇宙的な広がりの、時間と空間を感受させるマンガだ。手塚治虫の『火の鳥』がそれである。物語のテーマは生と死だが、なかでもストーリー構成の巧みさにおいて興味尽きないものがある。

彼はストラビンスキーの火の鳥を観たのがきっかけで、伝説の超自然的生命力を持つ不死鳥のことを考え、その鳥をとおして日本の歴史を描いてみたいと思いついた、とあるエッセイに書いている。

彼のちょっとしたひらめきでわたしたちは素晴らしいマンガを楽しむことができる。この壮大なドラマをどのように語ればいいのか困惑したものだが、それはいたって単純。過去（古代）から未来を結ぶ時間を自在にコントロールできる火の鳥を縦糸に展開させているため、一見バラバラに思える各章の物語は終章に向かって焦点が合い、さらに終わることを知らないドラマへと発展していく。

たとえば、ＳＦ映画などに現れる科学者の実験室で、放電している一本のほそながい筒の周りに、螺旋《らせん》状にのびている管《くだ》の器具がある。これが火の鳥のことを考えるとき、いつもイメージとして浮かんでくる。つまり、放電する一本の筒、それが火の鳥であり周りの螺旋が横糸となる数々のドラマといっていい。また神の化身でもある火の鳥が、テレパシーで人間に語りかけるセリフは、どれもが生命力に満ちた輝きの言葉である。冷めた科学者の目で人間を直視、ときには機械的になっていく人間の感情を恐れ、ロボットに人間の感情をそそぎ愛の尊さをシンホニーさながら高らかに響かせくりひろげる。

彼が光速の乗物である火の鳥に入り、宇宙を羽ばたき、太陽や地球はもちろん銀河のなかの一つ一つの星々にも命があり生きているのを見て、それを大きなコスモゾーン（宇宙生命）と呼び、または動物や植物の細胞、分子、原子、素粒子などをそれと比較し、ちいさな宇宙生命と呼ぶのもわかる。大きな（長い）生命と、ミクロコスモスである小さな（短い）生命を視覚的あるいは感覚的にしらせようと一コマ一コマを描いている彼の姿を思い浮かべることができる。そして生きるということは一体どういうことかを火の鳥に語らせるシーンが黎明編にある。

〈「なぜおまえだけが死なないでおれたち人間はみんな死んでいくんだ。どうして不公平なんだ！」というナギの問いに、火の鳥は答える。「ナギ、足もとをみてごらん。虫がいるわね。それもたった半年ぐらいしか生きられないのよ。カゲロウはもっと短いわ。親になって三日のいのちよ。それでも不平はいいませんよ。虫たちは自然がきめた一生のあいだ、ちゃんとそだち食べ恋をし卵をうんで満足して死んでいくのよ。人間は虫より魚より犬や猫や猿よりも長生きだわ。その一生のあいだに生きているよろこびをみつけられれば、それが幸福じゃないの？〉

　コマからコマへとながれる絵のなかで語りかけてくるこのセリフを読んだときこみ上げるものを感じたものだ。一年草の花々のようにつぎつぎでてくるマンガにはそれぞれ雑多なものもあるが、マンガはマンガなのであって、マンガを文学と比較して論じてはいけない。マンガはいま混沌とした状態にあり、マンガが市民権を得るとき、マンガは大衆から遠ざかっていく。だから文化というものの一つのパターンを知っているわたしたちはそれを奨励できない複雑な気持ちになる。

　昭和二十年に漫画集団員、塩田英二郎宅にて新漫画集団を結成してから三十余年を経《へ》た今日まで様々な作家による作品が世に出たが手塚治虫のライフワークである「火の鳥」こそ、一等優れたマンガの一つに数えられるだろう。

皮を剥《む》く

テレビで『肉体の悪魔』を観た。

その映画の終わりに近いシーンで、妊娠し身体《からだ》が衰弱しきって倒れたマルトのアパートから出てきたフランソワが門の前に立っているとき、戦争を終えてきたマルトの夫のラコンブ軍曹が通りかかる。

フランソワとマルトの二人は、いつ帰ってくるか分からないラコンブにびくびくしながら情事をかさねていた。ラコンブは妻マルトの情夫であるフランソワのことなど分からない。ただ妻に会いた一心である。そのラコンブに近づいたフランソワがタバコの火をもらいながら、ラコンブの表情を窺《うかが》う。ラコンブはこれから始まる長いいばらの道のりを知るよしもなく、喜びいさんで家へと向かっていく。

いっこうに減らないミカンを食べながら、黒澤明はオータン・ララの演出を拝借したのだと思った。こう言えば、あの場面か、と思い浮かべる人も少なくないだろう。麻薬街から抜け出た犯人の男が伊勢崎町辺りの靴屋のショーウィンドウを眺めている権藤に気づき近づく。なに喰わぬ顔で一礼し、タバコの火をかりる。顔に不敵な笑いを浮かべている。権藤は相手が憎むべき犯人であるとは知らず火をかしている。追跡車の中からそれを見ている警部が、あいつは正真正銘の畜生だ、とつぶやく。丹念な理詰めと推理で運んでいく、あの映画のことだ。おっと逸《そ》れていきそうなので話をもとへ戻すこととしよう。ドラマの初めのあたりでフランソワが鏡に向き合い、鏡の中の自分を見ているうち像がゆらぎ、夏の光を浴び帽子を被った女が、ちょうど印象派の画家スーラの描く点描の女に似た像からゆっくり輪郭をととのえていく場面、現在から過去へ移しかえるテクニックは上手《うま》いものだった。

今年の正月は嬉しいことがあった。

それは友人の描いたマンガ『教師リンカーン』が月刊「少年チャレンジ」の二月号から連載されることになった、という年賀状が届いたからだ。短い文面にも彼の生き生きとした表情が浮かんでくる。新進マンガ家の誕生だ。東辻野俊明《ひがしつじのとしあき》、彼はわたしが六歳のころ内地から引っ越して来た。わたしは彼と一緒に幼稚園から高校へと進んだ。いくらか勝気だが成績は抜群によく小学から中学までオール5に近かった。わたしはそんな彼と比較されるのでイヤだった。ところが肩を並べられるものがあった。

それがマンガだった。

彼の家はマチヤー（雑貨店）であったからお客がツケで買っていくときメモ代わりの小さな黒板

があった。日曜日など朝から晩までそれにマンガを描き、チョークを使い過ぎては彼のお母さんに叱られるのがいつもだった。やがて自信をつけたわたしたちは、小学三年生のころ鉄腕アトムの似顔絵をハガキに描いてマンガ誌『少年』の編集部へ送ったが、いっこうに載らず落胆させられた。しかしそんなことなどにめげず五年生になると、わたしは武内つなよし、桑田次郎、彼はさいとうたかおばりのコピーマンガを描き、競い合ったりしたものだ。

　今にして考えると、ちょうどそのころから、マンガでも表現方法では凄い迫力と感動を与えることに気づかせたマンガ家がいた。マンガ家になるにしても勉強しなくてはいけないのだと本気で考えさせてくれたマンガ家がいた。白土三平だった。彼のマンガは『少年』で連載されていた「サスケ」が唯一のものだった。「忍者武芸帳」などは貸本専門に描いていたこともあってかあのころの八重山では読むことさえ叶わなかった。それが六十年代になるとようやく少年サンデーに「陽忍《ようにん》」や「いしみつ」などが連載される。その後は「カムイ伝」が青林堂のガロに連載が始まる。

　クマゼミが鳴く高校一年の夏、マンガによって結ばれていたわたしたちに終わりがきた。家庭の事情で彼が神戸の学校へ転校することに。埋立地の砂を力なく踏みしめ、彼を乗せた船がちいさくなるまで見送った日から十年余の歳月が経つ。わたしは彼がいなくなってからというものマンガは描かなくなった。この島のごく普通の若者がそうであるように高校を卒業すると待っていたのは酒と女であった。その後さまざまなことがあり、マンガ少年であったころのことは記憶の片隅にしかない。

彼がまだマンガを描き続けていたのが嬉しくて、『肉体の悪魔』や『天国と地獄』のことはさておき、年賀状を飽きずに読んではふたたびミカンの皮を剥《む》きはじめていた。

凧と遊んだあの日から

兼本信知《かねもとしんち》さんとは凧愛好会のメンバーに加わったことからになるのか。新北風《ミーニシ》が吹き、正月が近づくと文化会館で凧づくり講習会がもたれ、凧揚《たこあ》げ大会後の反省会でいくらか話し合いが。メンバーの特徴はといえば手先が細《こま》かいということがあげられる。そう、みんな子どものころ父親に凧をつくってもらった経験をもち、その後自分でつくってきたというかなりの腕前の方たち。戦後生まれであるわたしも、幼稚園生のとき、茅葺《かやぶ》きの家を建てたあとに残った唐蔓《とうづる》皮で父から簡単なカーブヤーをこしらえてもらい、庭で揚げたことがある。

その後は先輩たちから手ほどきを受け、アーヨウ、六角、八角、ピィキダーへと挑戦していく。小学四年生のころ登野城小学校にコンクリート二階建ての校舎が完成。わたしは学校西方の記念運動場で揚げた凧を何とか木々の間をくぐり抜け教室までもってきて二階廊下の柱に糸を括《くく》りつけ、授業を受けていて、風が弱まって凧が下りてくると、急いで凧糸を手繰《たぐ》り寄せたりした。

それを先生は微笑んだまま見ていた。

本格的なピィキダーをつくれたのは六年生か中学になってからだが、そのころになるとポケットに肥後守《ひごのかみ》という小刀《こがたな》を忍ばせている男の子は少なくなりつつあった。

遊びの形態そのものが、年を追い変貌《へんぼう》を遂《と》げていく。

これには時代の移り変わりにともなう環境の変化もあげられるだろう。

そのあと十年くらい凧づくりから遠ざかっていたりしたが、結婚して子どもが生まれるとみちびかれるように凧をつくる。そのときカーブヤーをつくってくれた兼本さんより一つ歳上のわたしの父のこと、あるいは近所の先輩のことを思い出しては竹を削り、骨組《ほねぐ》みを整え、紙を貼《は》っていた。

暮れの慌ただしい時期とかち合うから連れ合いには嫌がられる。しかし完成して風のなか、凧を揚げ、一本の凧糸の手応えを代わる代わる確かめ合う喜びは懸命につくったものでなければ味わえない。お蔭で、兼本さんが健在のときに、シャクシメー、創作凧の部門で一位。三年目は生まれたばかりの末娘のために難関のピィキダーに挑戦するつもりでいたが、会長の兼本さんや副会長の内間《うちま》康祐《こうゆう》さんの推挙で審査員にさせてもらったこともあって辞退。それでも未練があったのか、大会会場の広場を歩き回ってピィキダーをつぶさに見たりしたものだが、あらためてその技術に驚嘆《きょうたん》。細い縦骨横骨《たてぼねよこぼね》を限界とおもわれるまで入れ、ソーギ（箕《み》）職人を思わせる巧みさにはただただ舌を巻くばかり。これらはわたしより五、六、七歳上、昭和一八、七、六年生まれの方々が、子どものためにつくったものだった。その先輩方のころから見事なピィキダーに生まれ変わったといっていい。それくらいのレベルのものをつくるには竹の選択からして、まず二、三週間前から手掛けねばならない。

このように兼本さんとの関わりは一九七五（昭和五〇）年ころから始まるが、実はそれ以前のことがある。高校を卒業したばかりのわたしは本土への渡航旅費を稼ぐため働いていた。そのころ配達の行き来に、中央通り西端辺り、南向きに構えていた床屋の前で兼本さんと何度かお会いしている。わたしが一八歳で三十八年前のことだから、兼本さんは六十を過ぎたばかりか。ジュバンに鼠色の長めの半ズボンというスタイルで椅子《いす》に腰掛け、脚《あし》を組んで新聞を読んでおられた。「八重山朝日新聞」「八重山毎日新聞」へ盛んに投稿していたのはその前後になる。数年後の一九六八（昭和四三）年の春、アメリカのスミソニアン博物館に兼本さんのピィキダーが歴史資料として納められた、という快挙を新聞で読む。そのときのピィキダーの中骨《なかぼね》が縦五本に横五本。これが明治四十一年に生まれ大正時代に育った兼本さんたちのピィキダーであるから、戦後十三年ほどに姿をあらわしはじめた現在のピィキダーの骨の数の凄《すご》さが分かろうというもの。

材料がたやすく手に入るということと時間的な余裕のせいになるのだろうか。

この、戦後芽生えた比類なき凧づくりは継承されてしかるべき。ただ単に、揚がればいい、といったあのころからすると、意匠《いしょう》を凝《こ》らし、さらに空でのピィキダーのしぼりぐわい、長い尻尾《ジュウ》による静止状態という美しさを求め、ここに八重山の凧が全国的に誇れるものとなる。

これは大正十二年に「八重山健児へ」と呼びかけ凧揚げ大会を主催した天文屋御主前《テンブンヤーヌウシュマイ》こと岩崎卓爾《いわさきたくじ》のころから戦後の琉米文化会館長、長田信一さんをはじめ、崎山信之さん、与儀玄一さん、高木健さん、というこれまでにいたる関係者たちの長年の苦労が実りを結んだ証拠である。

正月の空に、十六日祭の空に、八角やピィキダーが唸《うな》りを鳴りわたらせ高く舞い上がっている姿はかけがえのない八重山の風物詩であり、失わせてはならない。

その後、床屋をたたんだ兼本さんは一九八五（昭和六〇）年に、これまでのエッセイに新たなものを書き加え『八重山ピキダマー』を上梓《じょうし》。書評はわたしが書くというめぐり合わせに。そんなわけで兼本さんへ年賀状を出したり、貰ったりするという関係になっていく。ある日のこと、三十六、七歳のわたしへ、ぜひ凧愛好会の会長になってもらいたいとのお言葉が。驚いたわたしは返事に窮するということがあった。数年間そのことにこだわっておられた兼本さんを思い出すと、申し訳ない気持ちがする。ところがそれから数年後、運悪く生活の苦労を四年ばかり強いられることに。悶々としながら、自分という人間が何であるのか問い続けずにはおれず過去へ遡《さかのぼ》ったりしていたが、そのとき知らされたのは、ある意味ではわたしも兼本さんと似たような境遇であったということだった。そんなこともあってか、空に揚がった凧を眺めると、父のことよりも、ベレー帽を愛用しておられた兼本さんの優しい笑顔が浮かんでくる。

　さて、この度、兼本さんの遺稿《いこう》が長女の由美子さんの手によって整理。出版のはこびとなって由美子さんと関わることに。これもまた何かの縁《えん》というものだろうか。

　由美子さん、長男の信重さんが、第一集『八重山伝承童戯』、第二集『八重山情景』に父親のことを実に感動的な文章で綴っておられる。読んでいてやはり親子だなあ、とほのぼのとした気分になったり、胸にじーんときたり。そんな折り、最後の第三集はわたしにとの依頼が。とてもこれ以上のものは書けないことは分かりきっているのに、お二人のもので充分なのに、断り切れず引き受けてしまった。なにぶん少部数ということもあいまって、内容を取り上げられなかった実情を踏まえ本シリーズついてふれてみたい。

　まず、第一集『八重山伝承童戯』は兼本さんの描かれた挿絵《さしえ》に五十二の遊びの紹介がなされている。こういう類《たぐい》のものを書くのは簡単のようでいて以外と難しい。遊びの説明だけではとても原稿用紙のマス目は埋まらないからだ。それで村の様子、友だち、家族のこと、他の村との関わりなどがおのずと挿入されていき、ちょっとしたエッセイ風になる。そこに登場する兼本さんの家族が何といっても魅力。母親や父親、それに義母、祖父、祖母、大和人《ヤマトゥピトゥ》たちとのふれあいが活き活きと描かれている。

第二集『八重山情景』の軽快な筆はこび。読者は思わず引き込まれる。郵便局、島司官舎、村役場、警察署、火の神御嶽《ヒヌカンオン》、港近くの池畑会社など、そこいら辺りを自分の縄張りにしていたというだけあって、そのころの風景描写がよい。それに知名士たちとの出会いが。岩崎卓爾や上江洲《うえず》由恭《ゆうきょう》とかがそれである。また時代を語るもの、兼本さんを理解するものとしての標準語や方言札《ほうげんふだ》のことがある。これらが子どもの目を通して、あるいは長じてからの回想とかで楽しく読ませる。

第三集の『八重山抒情』も二集同様、興味深い内容。そのなかの「飛行機飛来」が面白い。これは、一九二一（大正一〇）年五月一〇日、八重山に初めて水上飛行機が不時着したときの様子。それに夜半女《ヤハンメー》のことがある。ヤハンメーを知ったのは七年前。『蟻の詩《うた》』というわたしのところから出された嵩本正宜《たけもとせいぎ》さんの自分史でのことだった。それにはこう書かれている。〈二学期の終わり頃のことで学年末の整理のため帰りが晩くなった日のことだった。先生が正門から出て歩いていると、突然、樹の陰から跳び出してきた女に抱きつかれた。余りにも驚いた先生はそれから十日くらいで亡くなった。私たちは詳《くわ》しいことは分からなかったが、女の人が一途に思い焦《こ》がれていたらしい、とのことでそれを村中の大人たちは「夜半メー」と話していた〉と。このことに真っ先に反応したのは兼本さんより二つ後輩の郷土史家、牧野清さんであった。牧野さんは初めて夜半メーのことが出てきましたね、とおっしゃられた。それから数年後に兼本さんがそのヤハンメーのことを自らの体験に基づきお書きになられた。だからヤハンメーについて聞かされていたとしてもほとんどの方が読んではいないと思われる。兼本さんの書いた夜半女《ヤハンメー》は素晴らしい内容の、胸打つものとなっている。今後、ヤハンメーという言葉が出れば、必ずや兼本さんの名前があがるであろう。一集から三集にかけ、思い出すかのようなおなじことへの記述もそれほど気にはならず、むしろ心地よいリフレインといえよう。八重山の歴史に関する本をひもといていて、もっとその時代の世相や空気を感受したいと思われている方は本シリーズを併《あわ》せ読むことをお薦めする。

それにしても、三部作にくりかえしくりかえし書かずにはおれなかった母へのせつないまでの憧憬。それが幼いころから出会った女性たちへ傾けられたり、追慕へとかわっていく。絶えず父へ批判的な眼差しを向けながらも知らずに似た道をたどっていく。だが決定的な違いをみせる強さは、妻の死のあと男やもめを貫きとおしたことである。幼少のことからして、もう少し恵まれた環境に育っていたならばと痛ましくなるのはわたし一人だろうか。しかし、『八重山ピキダマー』をはじめ、『八重山伝承童戯』『八重山情景』『八重山抒情』を遺《のこ》された。特に晩年の三部作は誰からも歓迎されるのではなかろうか。これらを読めば兼本さんが文学素養のあった方だというのはもはや誰もが疑わないだろう。本人はとうとう最後まで自分の生い立ちを、その後の人生を、肯定できなかったようだが、読者には幼くして味わった悲しみが一条の光のなか花ひらきほのかな心地よい香りを漂わせているのがわかる。立場上のこともあって控えめにしか書けなかったが、わたしは残る本だと信ずる。ところが百部という極めて少ない部数なので図書館でしか読めないことを考えると、まったく惜しいとしかいいようがない。

サーカスの歌

先日I君の部屋で友だち数人と久し振りに酒を飲んだ。

話に花が咲きだすと、時間の経《た》つのも忘れる。わたしたちは年甲斐もなくサタディナイトフィバーとかなんとか言いながら、泡盛の瓶《びん》を空にして、ときには猥褻《わいせつ》な話もしてはしゃいだ。

酒とサバ缶のまじった独特のにおいのする部屋をあとにしたのは昼過ぎになっていた。家へ向かう途中、民家から、ペー　ペレペー　ペレペー、と少年少女の唄う歌が聞こえてくる。なんて物哀しい歌だろうと思いながらわたしもつられて口ずさんだ。

そんなことがあって数日後、出版社の営業担当者を迎えるため空港の待合室で退屈しのぎにテレビを観ていると『ピエロのトランペット』と、字幕が映り、あの日のメロディーが流れはじめる。歌に合わせての映像はサーカスだった。道化師が笑いを振りまいている。猛獣使いが鞭《むち》を鳴らす。

曲馬師がはらはらさせる。映像は回転木馬のように慌ただしく変化する。大テントのなかでくりひろげられるダイナミックな恍惚感をともなうサーカスには絶えず死の恐怖が漂う。華やかな空中ブランコにくらべ対照的なものは道化師たちだ。見るからにおかしなかっこうで笑いを振りまく道化師たちの仮面に似た化粧の裏に、わたしはある種の哀愁を感じざるを得ない。

子どものころ、わたしたちの村へときどき回ってくる紙芝居のおじさんがいた。拍子木《ひょうしぎ》の音が通りから響いてくると、じっとしておれず、母からお金をせびった。わたしとおなじ子が、あちこちの門から飛び出し、おじさんの後を追っ掛ける。おじさんは拍子木を打ちながらときどき後ろを振り返り、頃合いを見計らって始めた。

わたしたちは自転車の荷台を囲んで座り、駄菓子を食べながら紙芝居にふけった。おじさんの語りは講談風でややオーバーであったが、かえってそれがわたしたちにとって魅力だった。おじさんがもっとも得意で、みんなにも人気のあったものは「安寿《あんじゅ》と厨子王《ずしおう》」であった。元服して正道と名乗った厨子王が市中を歩いていると、百姓の家の庭でボロを着た哀れな盲人が手に持ったながい竿で、干してある粟をついばみにくるスズメを追いながら、安寿恋しやほうやれほー、厨子王恋しやほうやれほー、とつぶやいているのを聞き、母と知り抱き合う再会の場面にはみんな泣かされた。紙芝居が終わり、舞台を自転車の荷台にくくって帰り支度をするおじさんの目にも光るものがあった。おじさんがそれを語るときの熱の入れようには何かしら尋常でないものを感じたものだった。

夕食のとき、紙芝居のおじさんの語りの巧《うま》さを父や母に話したが、二人とも反応は冷たかった。

それからいくつかの季節がめぐって、わたしは隣の町へラムネファイヤーに出掛け、ポケットからあふれそうになるラムネを両手で押さえながら小走りで家へ帰る途中、いつかのあのおじさんに出会った。おじさんは浮浪者のかっこうで手に酒と缶詰を持ち、歌を唄い夕暮れの町をふらふらさまよっていた。

テレビからはまだサーカスの歌がながれている。この『ピエロのトランペット』はわたしの子どものころの記憶をレモンの切り口のように鮮やかに甦《よみがえ》らせてくれる歌だ。

なつかしい匂い

最近、岩波書店より順を追って刊行された黒澤明全集を手にするとわたしの好きだった、そしていまでもかなり好きな先生、宮良信成《みやらしんせい》を想う。

嘘のようなことだが、五年前のわたしはＰＴＡの広報を夜遅くまで書いていた。それも十日に一度の割合で。それなりに喜びもあったが何かが足りなかった。ＰＴＡによく使われる「親子で……」という言葉に飽きていた。後日、自分に残るものが欲しかったのかも知れなかった。切札はあった。

そのころ、信成先生と頻繁《ひんぱん》に酒を飲み交わしていた。それはわたしが誘われると断りきれない性質《たち》で、もっぱら聞き役であったからだと思う。先生は絵のことよりも映画の話になるとにわかに熱をおびた。

なかでも黒澤明への傾倒ぶりには並々ならぬものがあった。黒澤の作品は「姿三四郎」から「乱」まで二十七本あり、わたしはそのうちの十三本しか観てなかったが、先生は全作品を観ているので話のタネが切れることはなかった。

しかし、人を誘っておきながら自分が酔うとバイオレットを胸のポケットにしまい、相手を置き去りにしたまま帰ってしまうのである。そんな人っているのだろうか。ある方は「あいつと飲むとヘビの生殺しだ」と喚いていた。困ったことだが金は先生が払うので文句はなかった。

総合芸術である映画から音楽、文学、歴史談、脚本のことへと波及していき話は尽きなかった。それも創作をしているという共通のものがないととても十年余りは続かなかっただろう。

黒澤の映画はもとより、先生は人間黒澤明を深く敬愛していた。そんなわけで、わたしは先生に黒澤明との関わりをＰＴＡの文化講演で話してみてはどうでしょうか、と投げかけると快く二つ返事で引き受けてくれた。本来ならば文化会館などの企画でされるべき内容のものを、一学校のＰＴ

Aの主催で行えることにわたしは少なからずたかぶりを覚えた。

二月の初旬だった。

わたしはドテラを羽織りながら広報の作成を急いだ。Ｂ４判の会報のスペースをそのことで満たした。それを先生の教え子であり、文化会館長である与儀玄一さんに見せると「これなら二百名余りの聴衆が来るのはまず間違いないだろう」とわたしを驚かせ、おまけに自分も協力させてもらいたいと言うので、戸惑いながらもわたしは教室で行う予定を急遽《きゅうきょ》、体育館へと変更して準備に追われることとなった。タイトルは黒島為一さんが書いてくれることに決まった。

日がちかづくにつれて与儀さんが騒ぎはじめた。その分だけ事は大掛かりになっていった。講演のあとビデオも上映することになり、用命商店の商品である大画面のテレビを借用することにした。司会はＰＴＡ役員の崎原喬さんが引き受けた。

先生も黒澤明のことを語れる喜びで日一日興奮していくようであった。毎日のように酒を飲み、映画の話をしていたが、二日後に迫った日に先生の家の前を通りかかったので部屋を覗くと、机に向かい何時《いつ》もと違った表情で先生が原稿を書いていた。

家に帰ったわたしは、なんとなく本棚の植草圭之助、都築政昭、ドナルド・リチーの本を眺めていると、電話が鳴った。「三十分オーバーになり、一時間半の内容になっているらしい」と受話器から与儀さんの上擦《うわず》った声が聞こえた。

前日、四名ほどで最後の打合せをおこなった。

こんなことだった。講師である先生が入場するとき「七人の侍」のミュージックを流そうということである。原稿を書き上げた満足感で泡盛を飲んでいる先生は傍《そば》で照れてはいたがまんざら悪くない、といった様子だった。

わたしはPTAの役員に、計画どおり進んでいるので明日は心配なく出席してくれるようにと連絡して酒を飲んだ。

万に一つの手抜かりもなかった。むしろ、あまり多くの人が来過ぎると対応がたいへんなので、呼びかけは控えめにしたほどだった。

二月八日、わたしは運動会の日の子どものように朝早く目が醒めた。寒かった。蒲団から抜け出るのが辛かった。ドテラを羽織る。テレビのスイッチをひねるとアナウンサーが、今年の冬いちばんの冷え込みになるだろう、と話している。午後五時ごろ、わたしたちは先生に咳払いをしながら語りかけるクセのあるのを談笑しながら椅子の数を増やし、準備を済《す》ませると、先生を学校近くの与儀さん宅まで迎え、待機した。

正装した先生が別人のように見えた。わたしたちはコタツから離れきれなかった。七時のニュースでは、シベリヤからの寒気団が日本列島を襲っている、と報じていた。昆布茶《こぶちゃ》を啜《すす》る音だけが部屋中に響く。時間が迫り、わたしたちは車に乗り込み、会場へと向かった。わたしは想像した。われんばかりの拍手で迎えられる先生の晴れがましい颯爽とした姿を。

ところが、まったく外れた。

広い場内に老人や子どもを含めて二十名足らずの人がぽつぽつと点在している。わたしは目を疑った。司会の崎原さんが青ざめた顔で突っ立っている。あの「七人の侍」のテーマ曲がレクイエムのように体育館じゅうに鳴り響く。慌てて駆けつけた校長先生やＰＴＡ会長も居たたまれなかったのか途中で消えていた。講演の後のビデオ上映のころには十一度に冷え込み、聴衆は七人ほどになっていた。床板が冷たかった。わたしはイスの上で膝を抱えながら「冬将軍に負けたのだ」と自分自身に言い聞かせた。

講演を済ませたあと、録音されたテープを流しながら酒場のカウンターで飲んだ。やはり、深みのあるスピーチだったがそれよりも先生の咳払いが声より高くリズミカルに聞こえてくるのが笑いを誘った。

みんな普段より速いペースで飲み、騒いでいた。理由はどうであれ、体育館で二十名ほどの聴衆ならどんな講師でも怒りを抑えることができなかったに違いない。先生に申し訳ない気がして、チラッと顔を見ると視線が合った。「あんなもんじゃないか」と笑みを浮かべ、グラスを傾けると「ありがとう」とつぶやいた。その夜、わたしは酒場のネオンのつらなる十八番街を彷徨《さまよ》い大酒をあおった。

そんな先生とも今では時間帯が合わず、飲み交わすことができなくなってしまったが、黒澤明の本をめくると懐かしいにおいが胸いっぱいにひろがってくる。

眠れる夢を焼く

その日はカウンター端っこに歳のいった髪の薄い細い目をした見かけない女性一人。わたしは泡盛を飲み、ちくわやてびちを口にしているうち、或る女性のことを思い出していた。

高校生のとき、いつも兄の木工所を手伝っていた。もっぱら職人さんたちの嫌がる仕事をこなす。白木のタンスやテーブル、水屋へ、水に溶かしたどろどろの砥《と》の粉《こ》をぼろぎれでぬって拭き落とし、サンディングシーラーを塗る。乾くと、目のこまかいペーパーでむらなく擦ったあと、ニスをたっぷり含ませた刷毛《はけ》を素早く下から上へ上から下へとくり返しムラのないように塗り上げていく。終わってシンナーで手を洗うときはひんやりして気持ちいい。誰の目からしてもわたしは一、二年の見習いより格段上だった。

また、製材所から運ばれてくる西表産の島材を数枚重ねて担いでは民家の石垣沿いに一枚一枚ならべ立て、天日乾燥させたりする。板を裏返しているとき、わずか先の家から彼女が現れる。建設業の兄を手伝っている彼女が工場前を通り過ぎると、那覇から流れてきたもみあげのながい職人が卑猥《ひわい》な声を上げていた。彼女は学校で見かけるセーラー服の女生徒たちとはちがい、色白で切れ長の目に、すらりとしたスレンダーなボーイッシュ。ジーパンがよく似合っていた。これまで肉感的な女性好みだったのが一変する。それにどことなく漂う不良ぽい雰囲気さえもわたしを虜《とりこ》にした。

しかし背の低いわたしが相手にされないことは分かっていたから、とおくから彼女を眺めるだけだった。それでも視線が合ったりすると緊張した。彼女に会いたい一心で学校から帰るとすぐ工場へ向かう。兄は、お前は手先が器用だからきっといい指物師《さしものし》になれる、卒業したら俺の手伝いをせぇ、と上機嫌だった。七人家族で経済的に余裕のないことを知っていたから、中学のときさえ進学を諦《あきら》めていた。

そのころ爆撃機が沖縄本島の基地からベトナムへ向かってひんぱんに飛び立っていた。仕事の無いときは繁華街をぶらついたあと図書館へ行き、谷崎や川端を借りると真新しい墓で職人さんたちからくすねたタバコを吸いながら読むのが唯一の慰めだった。睡眠薬で寝かせてある美しい女たちと夜ごと戯れる老人の物語には想像力を刺激され、その女の一人が彼女とダブったりもした。その後、彼女が時計店のどら息子とオートバイを乗り回していたというのを、指をつめ背中に彫物《ほりもの》のある職人から聞かされたが信じなかった。そのうち彼女は兄の事業がうまくいかなくなったのか、わたしの前からとつぜん姿を消した。

　腕をきつく握れば指先から汁が滴るくらいおでんづけになったママの顔が湯気の向こうに霞んではゆらぎ遠くに見えたりする。今夜は口数の少ないママ。六年前に暖簾《のれん》をくぐったとき、ちらっと話題にしたあの日の高校二年生のときの、わたしが好きだった彼女と数日前に那覇で会ったらしかったが昔とはだいぶ違っていたことを笑いながら話していた。

　たぶん今ではさらに磨きをかけ化粧品のセールスなどして忙しく飛び回っているはずだ。しばらく経《た》って話が彼女の付き合っていたという男に及ぶと、ママはこれまでとちがって、皿を洗いはじめては、有線のチャンネルを回したり、勝手にコンニャク、ダイコン、タマゴ、豆腐を入れたりする。それも食べきれないくらいの量を。そしてすぐさまカウンターの女性へ酒を注ぎ足したり、落ち着かない様子でトイレへ行く。しまいには赤提灯を取り外す。いったい何なのだ。溜め息を付き、ぼんやり腹の出っ張ったカウンターの女性を眺めながら、やれやれという気分になる。ところが太ったママよりさらに一回りも大きいその女性は線を引いたような目の瞳の奥から懐かしい人に出会ったときの、それでいて哀しげな表情を投げかけている。はっとして、うつむいたママに目をやったあとたちまち凍りつくのを覚えた。

Ⅲ

牧野清さんの自分史

牧野清さんとの関わりは、わたしが書店に働いていたことによる。

わたしが二十歳のときの、一九六八年に『八重山の明和大津波』を、二十四歳の一九七二年には『新八重山歴史』を出版していたからだ。

年に数回、気象台西方に在《あ》る木造建て赤瓦の牧野さん宅へ本の仕入れに行く。挨拶をして、裏の小さな倉庫から細長い本のケースを担ぎ出し、車に積む。熊本の城野印刷所から荒縄で頑丈に荷造りして送られたものだ。

そのあと、茶菓子を出してくれる。

いろんな話が聞ける。

これはわたしにとっての楽しいひとときだった。

内容は多岐に渡ったりしたが、なかでも石垣用中市長の総務課長のとき石城山《イシスクヤマ》を守りきれずに悔しい思いをしたという秘話は今もって忘れがたい。

自費出版の場合だとこういうふうな直接対応で、定価の一五パーセントを頂く。

そういうことが、かれこれ二十年は続いたことになる。

三十三歳のときだった。

八重山毎日新聞にわたしの、『少年よ、夏の向こうへ走れ』が載《の》ったころ、牧野さんが店に現れ、「君のアカマタの小説読んだよ。これで自分の進む道が決まったみたいだな、頑張りなさい！」と声を掛けてくれた。八重山文化研究会に入ってはみたものの、一つの論文も発表出来ずにいたからだった。そのあと、書棚を指さし、「これ、この司馬遼太郎の、『坂の上の雲』を読んだサ……」と、いくらか照れ笑いをしておられる。明治を描いた大叙事詩でページ二段組、全六巻を読んだのか。凄いなあと感心するばかりだった。

その後も『登野城村の歴史と民俗』を出版したので、訪問を重ねたりしていたが、わたしがその職場を四十で辞めることになり、直接の関わりは途絶えた。

それが他人の自分史を書くことになって、『新八重山歴史』をひもとくことになる。久し振りに牧野さんの家を訪れ、「どうしても十三章の電気事業のところを参考にしたいのですが」とお願いすると、「どうぞ使いなさい。何でもない。これ、みんな資料にあるよ。ぼくもそれからとったんだから」と笑いながら話したのだった。

そんなこともあって安堵《あんど》して執筆を続けられた。

なぜ電気事業かというと、自分史を依頼してきた方のことがあった。

戦後、石垣市の発電事業だけでは需要を満たしきれず、各村々に雨後の竹の子のように出来た民間の発電事業があった。発電機を冷却した水がお湯になって出てくる。その廃湯《はいゆ》と呼ばれていたものでスタートして、ただ一軒だけ生き残っていた風呂屋さんだったからだ。

これまでのわたしだと、とうてい最後までこぎつけることは叶わなかったかもしれない。だが、失業していたこともあって途中で放り出すわけにもいかず、四苦八苦、何とか仕上げることができたのだった。

手許《てもと》にある『新八重山歴史』をめくると、そのときの、青と赤のアンダーラインが懐かしい。廃湯を使ったそのころの銭湯《せんとう》にわたしは新しい時代の息吹きや庶民のしたたかなエネルギーを感じ、〝電気風呂〟なる造語《ぞうご》をつくった。話言葉としてはつかわれていたが、活字で著《あらわ》されたのは初めてだったかも知れない。

八十歳であ〜まん企画から『八重山のお嶽』を出版した先生は、さらに最後になるであろう自分史を書き始めていることを聞かされていた。

世はバブル景気だというのに憂鬱な気分を引きずりながら、八島町船着き場辺りを歩いていると、冷たい北風に吹かれ、丹前を着込んだ先生にバッタリ出会う。と、「あい、竹本くん、ぼくはもう八十五だよ!!」と元気よく話していたことがあった。

六十一歳で亡くなったわたしの父は小学生のとき、牧野さんと同じクラスになっている。

サイパン引き揚げだった。

牧野さんは市役所にいるころ、外地引き揚げ補償の件で、世話役をしていたことがあって、父の話から、改名改姓前の、牧野清（玻名城孫著）さんのことを聞かされるときもあった。名前が「そんちょ」だから、みんなに「村長～」と呼ばれていたらしかった。

しばらくして、わたしにも『坂の上の雲』を読む機会がおとずれたとき、なるほどそこに関心を持って調べていたのかと、あの日のことが甦《よみがえ》った。

日本海海戦での、ロシアのバルチック艦隊発見打電のため、宮古島の二十代の五人の若者が石垣島まで百七十キロの海を十五時間かけてサバニを漕いで北部の浜に着き、さらにこの中から二人が電信施設のある郵便局まで三十キロの道を五時間かけて走ったという、いわゆる久松《ひさまつ》五勇士たちのことだ。

わたしはそれから自らの『鳳仙花《ほうせんか》』を書き上げたあと、友人の死や母の死などがあり、ようやく印刷所から届いたお風呂屋さんの自分史を先生へ謹呈すると、やむなく、他人の自分史を手助けする仕事を起《た》ち上げ、数年が経《た》っていたころになる。

夏の盛りの午後だった。

心地よい風が吹き、昨日まで雲ひとつなかった空に雲が流れていた。

わたしの事務所のドアがノックされたあと、色つやのいい顔にワイシャツ姿で磨き上げた黒の革靴を履《は》いた先生が、携《たずさ》えてきた一冊の本を下さり、灰色がかった瞳でわたしを見据え、ゆっくり話し始めた。

「台湾から引き揚げて来たころのぼくは胸を患《わずら》っていて、家で療養生活をしてたんだ。あのころ結核は不治《ふじ》の病《やまい》といわれていてねぇ。そんなぼくを母はとても毛嫌いした。ぼくの寝ている裏座に差し掛かると鼻をつまんでサッと通り過ぎる。たまたま出くわすと、母は怒った。そのときの母は鬼の顔になった。ハイ、これこそ般若《はんにゃ》の面《めん》、そっくりでした。だから、般若のその表情は、ぼくみたいな経験をした人が彫《ほ》ったのだとつくづく思ったものですよ、ハイ。戦後になって結核の治療薬であるストレプトマイシンがアメリカ軍から与えられるという。しかし、少量しか届いていないことを聞き、飛びつくように一番に申し込んで、治したんですよ。ぼくが今こうして生きているのはその薬のお陰です、ハイ……」と悲痛な面持ちで語るのだった。

その日夕食をとると、さっそく先生から頂いた本を読了した。その中の、「不幸な歳月」の章には、話していた以上のことがありのままに記されてあった。これは、話されたこと、書かれていることよりも、よっぽど酷い仕打ちを受けたに違いない。これまで光り輝くところしか知らなかった先生の、影の部分の数々……遠くで鳴り響いている救急車のサイレンの音にほそながく鳴きつづける犬のこえを聴きながら暗澹《あんたん》とした気持ちになったものだった。

忘れることによって自らが救われ、許すことによって生きていくことができる、ということもあるが、八十を過ぎてもそのときどきの体験は先生にとって許し難く忘れることの出来ないものだったのだろう……。

数ヵ月後、その自分史を読んだ或《あ》る方がわたしのところを訪れ、先生のことを批判しだしたので、わたしは、あの本の良いところはその箇所で、それがなかったならば取り立てて語るほどのないくらいありふれた平凡なものになることを話し、先生の米寿を記念しての自分史、『回想八十年――わが人生の記録――』を、牧野さんを、語気を強めて支持したのだった。

あれから三年後の、二〇〇〇（平成十二）年、十月二十四日に享年九十一歳の長寿をまっとうした牧野清先生の葬儀が執り行われた。

静かな樹

わたしが他人の自分史をサポートする仕事を起《た》ち上げたとき、本土にいる三男から、何か記念になるモノを贈りたい、という申し入れがあった。わたしはすかさず、柳田國男の全集が欲しいといって、送らせることにした。それには小林秀雄が、「信ずることと考えること」で話していた柳田國男の少年時代の体験談のことが忘れられず、文庫本化されているいずれかに収められているだろうと、各社の文庫目録を調べてはみたが、見あたらないということがあった。

そのことを、いつか読まなければならない本である、として十数年まえ「鵯《ひよ》が啼《な》く」というエッセイに書いたことがある。

兄へお願いしたのも、当然のことながら全集なら収められているに違いないという考えがあってのこと。ところが一週間ぐらいして届いた、ちくま文庫の「柳田國男全集32巻」に入っていなかった。それでも諦めきれず、年譜を調べ、やっとのこと、のじぎく文庫編で、神戸新聞総合出版センターから『故郷七十年』が発行されていることをつきとめ、入手したのだった。

前にも「鵯《ひよ》が啼《な》く」でふれているのでいくらか重複することになるかも知れないが、これは「布《ふ》川《かわ》時代」という項目のなかの、「ある神秘的な暗示」に次のようにあった。

〈布川にいた二カ年間の話は、馬鹿馬鹿しいということさえかまわなければいくらでもある。何かにちょっと書いたが、こんな出来事もあった。小川家のいちばん奥の方に少し綺麗な土蔵が建てられており、その前に二十坪ばかりの平地があって、二、三本の木があり、その下に小さな石の祠《ほこら》の新しいのがあった。聞いてみると、小川という家はそのころ三代目で、初代のお爺さんは茨城の水戸の方から移住してきた偉いお医者さんであった。その人のお母さんになる老媼《ろうおう》を祀ったのがこの石の祠だという話で、つまりお祖母さんを屋敷の神様として祀ってあった。

この祠の中がどうなっているのか、いたずらだった十四歳の私は、扉をあけてみたいと思っていた。たしか春の日だったと思う。人に見つかれば叱られるので、誰もいない時、恐る恐るそれをあけてみた。そしたら一握りくらいの大きさの、じつに綺麗な蝋石《ろうせき》の珠《たま》が一つおさまっていた。その珠をことんとはめ込むように石が彫ってあった。後で聞いて判ったのだが、そのおばあさんが、どういうわけか、中風で寝てからその珠をしょっちゅう撫でまわしておったそうだ。それで後に、このおばあさんを記念するのには、この珠がいちばんいいといって、孫に当たる人がその祠の中に収めたのだとか。そのころとしてはずいぶん新しい考え方であった。

その美しい珠をそうっと覗いたとき、フーッと興奮してしまって、何ともいえない妙な気持ちになって、どうしてそうしたのか今でもわからないが、私はしゃがんだまま、よく晴れた青い空を見上げたのだった。するとお月様が見えるのだ。今も鮮やかに覚えているが、じつに澄み切った青い空で、そこにたしかに数十の星を見たのである。昼間見えないはずだがと思って、子供心にいろいろ考えてみた。そのころ少しばかり天文のことを知っていたので、今ごろ見えるとしたら自分らの知っている星じゃないんだから、別にさがしまわる必要はないという心持を取り戻した。

今考えてみても、あれはたしかに、異常心理だったと思う。だれもいない所で、御幣《ごへい》か鏡が入っているんだろうと思ってあけたところ、そんなきれいな珠があったので、非常に強く感動したものらしい。そんなぼんやりした気分になっているその時に、突然高い空で鵯《ひよどり》がピーッと鳴いて通った。

そうしたらその拍子に身がギュッと引きしまって、初めて人心地がついたのだった。あの時に鴨が鳴かなかったら、私はあのまま気が変になっていたんじゃないかと思うのである。

両親が郷里から布川へ来るまでは、子供の癖に一際違った境遇におかれていたが、あんな風で長くいてはいけなかったかも知れない。幸いにして私は生活の苦労をしたので救われた。

それから両親、長兄夫婦と、家が複雑になったので面倒になり、私だけ先に東京に出た。明治二十四年かと思うが、二番目の兄が大学の助手兼開業医になっていたので、それを頼って上京した。そしてまた違った境遇を経たので、布川で経験した異常心理を忘れることができた。

年をとってから振り返ってみると、郷里の親に手紙を書いていなければならなかったような二カ年間が危なかったような気がする。〉

わたしが長い間、読まなければ、読まねばならない、と囚《とら》われ続けていたのは、このような短文であったのでいささか肩すかしを食らった。というのは原文を読んだときよりも小林秀雄がベルグソンのことについてふれたあとに喋った話のほうが、彼の独特な魅力ある口調も加わり、衝撃的で、まさに魂をゆさぶられるほど、忘れがたいものだったからだ。それがわたしの強い思い込みとなっていた。

そもそも『故郷七十年』は神戸新聞が満六十年を迎えるということで、八十余歳の柳田へ執筆を依頼されていたという経緯《いきさつ》がある。

〈今なおまざまざと記憶に留まって消えることのない私自身の足跡とその背景とを記録するならば、或いは同時代の人たちにも、またもっと、若い世代の人たちにも、何か為になるのではないかというのが、かねてから私の宿志であった。幸いにも時が熟したので、神戸新聞の要請をいれ、ここに「故郷七十年」を連載することにした。それは単なる郷愁や回顧の物語に終わるものではないことをお約束しておきたい。(昭和三十三年一月八日)〉と故郷を離れて七十年の柳田國男による起筆の言葉がある。だから、わたしの気になっていた話というのも要約されたものではなく、毎回、原稿用紙三枚半くらいで掲載していたなかの一話であったわけだ。むろん一回で収まりきれず、一、二回、あるいは三、四回に分け、別々のタイトルを付けたものや、その逆もあったに違いない。

ともかく、一月九日~九月一四日(週二回)まで、二百回続いたこの『故郷七十年』は、「故郷を離れたころ」「私の生家」「布川時代」「辻川の話」「兄弟のこと」「文学の思い出」「学生生活」「官界に入って」「柳田家のこと」「交友録」「私の学問」という十一の章立てのなかにそれぞれ小見出しのついた一八九話が挿入され、前後に「母の思い出に―序にかえて」「筆をおくに臨みて」「あとがき」があって編まれている。

小林秀雄が学生を対象に話した講演の中で、ユリ・ゲラーの念力、ベルグソンの哲学、近代科学の方法、魂について、にふれたあと、皆さんはハイカラな本ばかり読まないで、柳田國男をよく読むといいと話し、『故郷七十年』はあの人が八十四歳のとき口述筆記をしたものです。神戸新聞に連載していた。私はずっと読んでいた。柳田さんはたくさんの弟子をもっている。柳田さんの書いたものは面白いが、弟子の書いたものはちっとも面白くない。なぜかというと弟子どもは学問はしているけども、その感受性がないんです。その感受性というのは何ですか。それは祠《ほこら》の中の蝋石《ろうせき》を見たときに、柳田さんはだねぇ、その中の霊魂《たましい》をみたんです。おばあちゃんの霊魂《たましい》。そのとき、少年が見て妖しい気持ちになったのは何故かといいますと、それは珠の中に宿ったおばあちゃんの霊魂《たましい》がみえたからからです。何でもないことです。だから柳田さんは馬鹿馬鹿しい話ならたくさんございますよ、と言っている。馬鹿馬鹿しい話です。だけど本当の話です。馬鹿馬鹿しい話だからウソということはないですよ。幸いにして自分は人生の苦労を、生活の苦労をしなければならなかったから、私は救われたんだと……。生活の苦労といったって特に取り上げるべきものではないですよ、生活の苦労は誰だってやってますよ。実に馬鹿馬鹿しいことですよ。だけどリアリティというものはあらそえないでしょ、生活の苦労ってもの。誰にでも、平凡なものは……。おばあちゃんの霊魂《たましい》なんて、特に取り上げてぐずぐず言うことない。そんなもの。そんなことあたりまえですよ。僕は僕のおばあちゃんの霊魂《たましい》を信じていますよ。だから、そんなことを言わないのは馬鹿馬鹿しいからさ。だけど、馬鹿馬鹿しいけどおばあちゃんの霊魂《たましい》というのは、ちゃんと僕が思い出すんでしたらばありますよ。僕はちっと苦しくなると、ああ、おばあちゃん助けてくれ～と言いますよ。言ったっていいじゃないか。おばあちゃんの霊魂《たましい》が僕にみえるから。僕の記憶の中にいるんだから。まざまざと。僕はちゃんとおばあちゃんを経験することを出来ます。出来る以上は、霊魂《たましい》があるんだ。それを霊魂《たましい》と言うんですよ。霊魂《たましい》はみんな諸君の中にあるんだ。どこかふわふわしていると思うからおかしいんだ。そうではない。諸君はみんな自分の親しい人の霊魂《たましい》を持って生きていますよ。思い出すときにはそれはすぐ来ますよ。すぐ。今の人だって同じもんです。それは生活の苦労と同じくらい平凡なことですよ。同じくらいそれは平凡なことで、同じことくらいリアルなことです。こういう思想をちゃんと柳田さんは持っているんだね。だから民俗学ということが出来るんです。だけど、なかなかこういう健全な思想はね、現代のインテリなんかには持てないんですよ。だけど民俗学をといい、インテリはみんなやりますけどね。だから民俗学は生気を失うんです。理屈ぽい民俗学になるんだ。思い出すことが出来ないんですよ、と紀行文学の傑作として評価の高い「雪国の春」を著した柳田のことを語っていた。

ところで、一八九もあるそれぞれの小話は柳田自らが〈それは単なる郷愁や回顧の物語に終わるものではないことをお約束しておきたい〉という、はじめにおける起筆の言葉どおり、一つ一つの内容は濃く、味わい深い。再読三読、尚《な》お飽くところを知らず、というところか。当然のごとく、我が郷土の宮良當壮はじめ、宮古島の稲村賢敷《けんぷ》ほか、沖縄学のメンバー面々から、南方熊楠《みなかたくまぐす》、石田英一郎、ネフスキー、フレイザーなどのエピソードがあって、めっぽう面白く、小説より読ませるが、ここでは紙幅の都合もあることだから、「文学の思い出」「学生生活」のなかから一つ二つ取り上げてみたい。

『文学の思い出』のなかの「山の人生」は岩波文庫にも「遠野物語・山の人生」としてあり、かなり多くの人に読まれている。話は、柳田が法制局の参事官になって特赦《とくしゃ》に関する事務を扱ったときのこと。「山に埋もれたる人生あること」というタイトルで、彼がいちばん印象の深かった人殺しの刑事事件を二つ取り上げて書いてある。

そのうちの一つに、かつて飢饉《ききん》の年に、西美濃《にしみの》の山の中で炭を焼いている男がいた。男には、十二、三歳になる男と女の子、二人がいた。季節は晩秋。里へ行けども、炭は売れず、一合の米さえ手に入らない。とうとう手ぶらで帰ってきた男は、飢えきっている子供の顔を見るのがつらいので、小屋の奥へいって昼寝をしてしまった。眼がさめると、小屋の口いっぱいに夕日が射していて、二人の子供が日当たりのところにしゃがみながら、仕事に使う大きな斧を懸命に磨いでいる。子供たちは父親に向かって、「お父う、もう、死にたいから、これで殺してくれ」とつぶやき、小屋の入り口の敷居の上を枕にして寝た。男はたちまちくらくらっとして、何の考えもなく、二人の首をきった。男はその後、死ぬつもりだったが、恐ろしくなって死にきれず、里を降りてきて、自首したという。実に悲惨な話で彼の心を動かす。男は十二年という長い刑に処せられている。品行はよく、殊勝だし、環境も哀れむべきものがあり、再犯のおそれはまるでないので、特赦にしてくれといって、印を押し申し出たところ、男は特赦になったという。こんな哀れな事実はない。誰かに話したくて、彼は旧友の田山花袋《たやまかたい》に話したが、滅多にない話で、奇抜すぎ、しかも深刻な事実なので作品にするには難しいといって、聞き流したという。

この炭焼き男の件は彼の心の底に溜まっていたのか、のちに朝日新聞に書き、本にするとき、田山の受け入れなかった、あの話を、「山の人生」へ、序文のようなかたちで最初にもってきている。

そのことは柳田をよほど落胆させたのだろうか……。

〈少し固すぎる位《くらい》真面目な人間が、後生大事に小説を書いている、それが田山だった。ところが長い間には、だんだんと世の中の風潮に漂わされ、自然主義といったような言葉の意味も前とは変わってきていた。内容も議論の筋も作品の上に現れた気分にも、私どもは悪口をいって、「ああ書いちゃ駄目だよ」など、批評するものだから、正宗白鳥《まさむねはくちょう》がいつぞや、「柳田君は田山に会うと罵倒するので困る。田山がちっとも、何とも反抗しないで黙っているのに……」などと書いたものだから、私が非常な悪者のようになった〉（中略）〈いわゆる私小説のような、何も何処にも書き伝うべきものがなくても、毎日々々ぼんやりして考えていることを書きさえすれば、小説になるというような傾向を生じたが、あれはどうも『蒲団《ふとん》』なんかがその手本になり、こんなことまでも小説になるという先例になったと私はみている。それで私はよく田山君の顔を見ると「君が悪いんだよ」などと無遠慮にいったものである〉（中略）〈田山の『蒲団』が出た時は、私はあんな不愉快な汚らしいものといって、あの時から田山君にけちをつけ出した。重要な所は想像で書いているから、むしろ自然主義ではないことになる〉（中略）〈自然主義というものは、文学の歴史からみて深い意味のある主張であったが、（中略）実例のような悲惨な内容の話に比べれば、まるで高の知れたものである。（中略）自然主義の作家は、極くあり得べき事柄が、すうっと妙に展開してゆくのに興味をもち、それを自然に書いて喜んでいたものであった。〉

茶道における宗匠みたいな帽子をかぶって丸眼鏡をちょこんとかけ、好々爺《こうこうや》をうかがわせるイメージからはほど遠いくらい、田山の書いている小説を痛烈に批判している。

嵐山光三郎の『追悼の達人』における柳田國男のページによれば、〈山本健吉は「先生が民俗学に進まれた気持ちには、やっぱり、日本の近代文学の発想に対する批判があった」と解説した。これは田山花袋《かたい》や島崎藤村の自然主義をさしている。〉（中略）〈なぜなら二人は柳田國男に聞いた話をもとにして小説にした張本人であるからだ。藤村に「椰子《やし》の実」の詩、花袋に「一兵卒の銃殺」を書く資料を与えたのは柳田であった。芥川《あくたがわ》の「河童《かっぱ》」のタネ本は柳田の「山島民譚集《さんとうみんたんしゅう》」だ。柳田が愛知県の渥美《あつみ》半島にある伊良湖岬《いらござき》を訪ねたのは二十三歳のときである。柳田は砂浜に椰子の実が流れ寄っているのを三度目撃した。その話をうっかり藤村にしたところすぐパクられた。漂着した椰子の実を見た記憶が、柳田晩年の大作『海上の道』に結実していくのである。花袋は「美貌《びぼう》の文学青年」として、自分の小説に柳田を登場させている。こういうことが原因で柳田は自然主義文学派と仲が悪くなった。臼井吉見《うすいよしみ》の回想によれば、人の好い花袋はともかくとして、藤村の人間性を徹底的に嫌っていた。藤村嫌いが詩への嫌悪《けんお》となり、のち、柳田が国語教科書編纂《へんさん》をするとき、「絶対に詩を入れてはいけないといって教科書出版社を困らせた」という。〉

それはそれと、〈柳田國男は、子供のころ二十歳までは育たないだろうといわれたほど虚弱な体質であった。その自覚が、三十九歳で貴族院書記官長までなりながら、後半生は余生として自分の好きな道を歩こうという決心を抱かせた。そして日本民俗学を切りひらく学者の生活にはいってから、かえって身体が丈夫になった。そして晩年まで身体を大事にし、自分専用の薬箱を一つ持っているくらいであった。また清潔好きで、一日何度も顔を洗うほどであった〉ということを、山田風太郎が「人間臨終図巻Ⅲ」で、八十七歳で死んだ人々、のなかで柳田のことを書いている。

ふたたび「追悼の達人」にもどることにしよう。〈鎌田久子の回想によると、柳田は死ぬ前日まででしっかりして元気であった。便所へ行くときは自分で立ち、食事のときは正座をして一度も人手をわずらわさなかった。それがくずれるように倒れた。「燃えたものが灰になっても、灰のままその形を保っているときがある。その灰が崩れるように床の上にバサッと倒れてしまった」という。

八月十二日、ぎっしりと人の波でうずめられ、小泉信三《しんぞう》、志賀義雄《よしお》、高橋誠一郎、土岐善麿《ときぜんまろ》、三笠宮が参列した。葬儀の様子は金田一春彦が書きとめている。「何という華やかな雰囲気であろうか。会場には多くの団体や知名の人から贈られた花束が並び、中には谷崎潤一郎翁《おう》から贈られた真紅のバラをはじめとして、赤い花、ピンクの花が艶《つや》を競っている。文部大臣が小高い壇にのぼって、何やら読み出した時には、はじめ弔辞とは思われず、何やら国家的な建物の落成式にでも出席しているような錯覚を起こしそうであった」（『柳田先生と国語学』）〉とある。

『故郷七十年』のあとがきで、嘉治《かじ》隆一は〈日刊紙であるため、発表の形式は、どうしても断片的になることを免れませんでしたが、更《あらた》めて全体を通読すればそこに体系がなりたっていると判ります。申さば独創的な柳田百科学の沿革を明らかにし、その膨大な集大成を初めて世に示したものと断定して好《よ》かろうかと思われます〉と述べ、それから新聞掲載までのなりゆきに及び、〈最初のうち私は毎週二回、成城のお宅に伺って翁のお話の聞き役をいたしました。そしていつも門下の鎌田久子さんが同席してそれをテープに録音し、次いで二人の大学生を指導して、之《これ》を筆稿させてから私の方に廻して下さるのでした。それを私は自分のメモと照らし合わせながら、新聞の一回分の長さに纏《まと》め、逆に鎌田さんを通じて翁の方へ返し、検閲を経てから新聞社へ送るという順序になっておりました〉と記している。

戦後十三年、これまではそれこそほんとの意味での口述筆記であったのが、文明の利器であるテープレコーダーが普及し始める。テープ起こしのあと、読める文章にもっていく。もちろんパソコンなど無いときだからきわめて困難な作業である。最終的には新聞社のデスクも目を通し、出版に際しては全体的な推敲が充分になされたはずなのに、それでさえ「非常に」という文字が散見される。また、よくやっても桑原武夫のように〈彼がなぜ柳田家の養子となったのか、なぜ貴族院書記官長の地位を捨てて官僚生活に終止符を打ったのか、事実は記載されているが、その真の理由は蔽《おおわ》れたままである。なぜであろうか〉という指摘もあり、さらには〈筆録者の怠慢か、文章があいまいになっている〉などと、手厳しい。相手が相手だけにいきおい注文も多くなっていくのは分からないでもないが、しかし、これらは当の柳田次第ということもあってかなり難しいだろう。

　その桑原は、柳田を〈単なる民俗学者でなく、わが国文化科学の領域における、最も見識にとんだ実証的な学者の一人〉だと位置づけている。

　〈「学問のための学問」をしりぞけ、庶民の豊かな生活文化を日本の隅々に追い求めて、新しい学問体系としての日本民俗学を確立した〉柳田國男には、「後狩詞記《のちのかりことばのき》」に始まり、フォークロアとのよろこばしい成婚歌というべきすぐれた口承文学である「遠野物語」から、「海南小記」「山の人生」「雪国の春」「青年と学問」「明治大正史世相編」「一目小僧その他」「桃太郎の誕生」「昔話と文学」「木綿以前の事」「妹の力」「北小浦民俗誌」「海上の道」など名著の誉れ高い著作が数多くあるが、翁八十四歳、自叙伝の側面さえ果たし得ている晩年における『故郷七十年』もそれに加わる。

名著といっていい。

詩人たちの酒場

平和通りを抜けると、そのまま東の方角にある飲み屋街へと足を運ぶ。十字路、ここから左へ折れ坂道を上がって、桜坂琉映へ向かう。

ほそい路地からさらに曲がりくねったスージグヮーを歩いていったところへ。

戦後十五年くらいの、わたしの小学校のころの粗末な便所が協同トイレとして外にあって、近くにちいさな飲み屋がごちゃごちゃしてある。そこいら辺りは、通称、小便横町と呼ばれていた。

店の看板を確認したあと、アルミサッシ引き戸の、狭い間口を開けて入る。左側にカウンター、その横は三、四人座れる細い鉄脚の安っぽいテーブルが二つ、奥に座敷がある。

石垣島出身の大浜というオバさんのやっているこぢんまりした店に入ったとき、すでにカウンターにはこれから座るわたしを含めて五人、座敷に六、七人。

カウンターに先輩の新城《しんじょう》兵一《たけかず》さんと、仲間《なかま》昇《のぼる》さんがいた。

ところが二人は、L字を逆にした格好の端にいて目で合図をする。

どうも、待ち合わせの時間より早めに来ている様子。

わたしは新城さんの隣の立派な体格の二人に会釈をしたあと、入り口ちかく端っこの二つ空いているところを、一つおいて壁際に座る。待っていた新城さんや仲間さんとは離れていてもほぼ向かい合っているから顔はよく見える。

二人とも石垣でのときとは少し違う。

オバさんが泡盛にグラス、それに氷を置く。

華やいだ座敷とは対照的に、カウンターは静かそのものだった。

泡盛の入ったグラスを手にした新城さんが、わたしのところへやってきて、「君の隣は上原生男《うえはらなりお》、その次が勝連敏男《かつれんとしお》だ」と耳打ちする。狭いところなので小さな声でも相手に筒抜け。新城さんが二人へ、「八重山から来た竹本くんです」と紹介するので、立ち上がってお辞儀をする。勝連さんは、「ああ、薔薇薔薇《ばらばら》薔薇の……」とうなずく。上原さんは黙ってわたしを見つめたままだった。

紹介を済ませると新城さんは仲間さんのところへ。

席を一つ寄ってもらって、二人がわたしのところへ来ればいいものを、それをやらない。カウンターの中のオバさんも黙っている。

どうしてこう気が利かないのだ……。

せっかく久し振りに会えたというのに。

二人は時を同じくして石垣島へ転勤して来た。

忘れもしない。あの年、デイゴの花が何十年に一度という狂い咲きをしていた。

新城さんは高校教師で仲間さんは公務員。二人とも石垣島では三年ほどいた。わたしが二十七から三十くらいまでの期間になる。わたしたちの同人誌である『薔薇薔薇』は一九七四年に砂川哲雄さんを発行人として創刊されていた。その後二年ほどのブランクがあり同人の迎里勝弘《むかいさとかつひろ》が中心になって二号を。一九七八年の三年間までになんと九号までを出している。一九七七年、一九七八年などは年間三回も発行して号を重ねている。これは迎里勝弘の熱意もさることながら、新城さん、仲間さんがいたことによる。彼ら二人は詩人。詩と小説では作品に対する物理的な時間の掛け方の違いがあるものの、人一倍作家願望の強い迎里勝弘はつぎつぎ書いて二人の期待に応えていた。その迎里勝弘、夢断ちがたく旅立った直後の一九七八年、「蟹釣り遊び」で第6回琉球新報短編小説賞の佳作を。受賞の知らせは東京で受けている。後から同人に加わった仲若直子は「壊れた時計」で一九七八年第4回の新沖縄文学賞の佳作受賞、さらに翌年の一九七九年、「帰省の理由」で第7回琉球新報短編小説賞を受賞していた。

わたしはといえば、これまで琉球新報のコラムである「落ち穂」、それと地元、八重山毎日新聞社の新しい企画「日曜随筆」（一九七八年）開始にともない執筆者にさせてもらったり、同人誌では三編の小説を発表していたが、まだ小説らしいものになってはいなかった。

『薔薇薔薇』の九号から一年を経て一九八〇年に十号が出たあとだった。文化会館での合評会のあと、砂川さんから編集人の話があって引き受けていた。

ちょうどそのようなころ那覇へ出張があったので、二人へ会う機会を設けたのだった。

三十二歳のときになる。

勝連敏男さんや上原生男さんは、この店の常連客かもしれない。

実に堂々としていて、黙ったまま自分のペースで飲んでいる。ときおり、奥の座敷からどっと笑い声がしてくると勝連さんは目を遣《や》ったあと、「あっちで飲んでいる連中は好かん。面白くない……」とつぶやく。いくらか開いた座敷からメンバーの何人か見える。上座にいるのはメガネのやさ男だ。じっと見ていると上原さんがわたしへむかって「伊良波盛男《いらはもりお》たちさぁ」と微かに笑みを浮かべる。

琉球新報社によって一年前に設けられた第1回山之口貘賞に岸本マチ子さんが、一九七九年の今年度は「幻の巫島《みこじま》」で伊良波盛男さんが第2回目の受賞に輝いていた。沖縄で詩を書いているものからすれば喉《のど》から手が出るほど欲しい賞で、みんなそれに向かって鎬《しのぎ》を削っていた。勝連さんは惜しいことに今回も逃《のが》していた。

久し振りに会う新城さんと仲間さんの態度がどことなくおかしいのは、わたしなりに分かっているつもりだった。

　二人が石垣へ転勤して来る四年前の一九七二年に沖縄がアメリカから返還されていて、その年の「中央公論」六月号は、〈沖縄の思想と文化―五月十五日―われわれはなぜ日本国家と同化し得ないか。沖縄の執筆陣十六人による必読の画期的特集！〉と銘打ち、ページの半分ほどを割《さ》く異例ともいえるものだった。新城さんは、〈沖縄で「私は宮古です」という時の、あのやけっぱちと奥深い負い目の奇妙にねじれた一瞬の暗い心理は、いったい何だったのだろう〉で始まる「辺境論―沖縄の内なる差別―」と題して、読む者に澱《おり》を残させずにはおかない印象深い一文を載せていたが、さらにそのうちの一人、「空道の思想とは何か」を書いた新進気鋭の評論家上原生男がそこにいる。それが原因だった。上原さんはときおり県紙の文化欄にも執筆していたから、わたしたちの間では話題に上がるほどだった。

　落ち着かない様子の新城さんはわたしへ視線を向けると、トイレへと言って、出て行く。しばらくして仲間さんも。

　けれど、いくらなんでもわたしをそのままにはしない筈だ。どこか別の店から電話するつもりなのだろうと考え、ちびりちびり飲む。

　わたしのことを聞いていて様子を窺《うかが》っていたオバさんが、直ちゃん元気でやってる？　と訊《たず》ねる。毎日のように飲んでいるはずですよ、と応えると、八重山に帰ってるときくらいゆっくりさせなさいよ、と話す。仲若さんのことだ。わたしはオバさんが主人を船舶事故で亡くしていると聞かされていた。昭和二十七年、崎枝の屋良部半島先端、御神崎《おがんざき》沖で八重山丸が遭難沈没。乗客乗組員三十五人行方不明という痛ましい海難事故だった。わたしが四歳の、十二月八日の、突発的に起きた季節風でのことだった。オバさんが残された遺族たちの心のありようと補償の件で「声」の欄に投稿しているのを読んでいた。

そんなときだった。飄々《ひょうひょう》とした小柄でわたしと同じ歳くらいのメガネを掛けた痩せた色の浅黒い男が、すっと入ってきて隣の席へ。

オバさんは男に酒と肴《さかな》を。

この店は常連が多いようだ。

一息ついた男は、ちらっと勝連さんを見たあと、俯《うつむ》いてツマミを口にはこんではぐいぐい飲む。服装からして今しがた仕事を終え立ち寄っている感じだ。

それをじっと見ていた勝連さんが、ドスの利《き》いた声で話しかける。

「喜納《きな》、元気か……」

「………」

「何で黙ってる……オマエはいつか僕のところに来て、詩をやりたいと言ってたよな。ところがナニー、今は小説を書いている？　人間、こんなにうまくいくとでも思ってるんか？　オマエいったい何歳だから？」

　顔を上げた喜納と呼ばれた男は伏せ目がちながらはきはきした口調で、「勝連さんの、前の詩集は買いましたけど、今度のもの、買いませんよ」と言う。

　一瞬、勝連さんの目つきが変わる。

「ナニー！　オマエの新聞販売店の仕事、あんなもの、偉いと思っているのか！」と、立ち上がって左手を伸ばすと、喜納さんの襟首をむずっと掴んで引き寄せ、右の拳《こぶし》で思い切り殴りつける。喜納さんがわたしへ激しくぶつかる。こんな狭い店だと巻き添えを食らうのは必至。立ち去ろうとすると、上原さんはわたしの手首を力強く掴み、「こういうとき逃げてはイカン、最後まで見とどけろ……君、小説を書いているんだろ」と言い放つ。喜納さんは屈んで椅子の下を手探りしている。メガネが吹っ飛んでいた。わたしはテーブルを拭きながら、きらきら光るコップの欠片をひろっては、半分割れた二つのコップに入れたりした。

　指先に血が滲んでいる。

　喜納さんは気持ちがおさまらないのか、勝連さんの詩集のことを喋り始める。

　荒い息を吐く勝連さんが再び殴りかかろうとしたとき、

「こんなだからウチは詩人という人たちが嫌いサ！」と大浜のオバさんが喚《わめ》く。

こちらの騒ぎなど意に介せず、座敷からの笑い声が前よりもさらに高くなって聞こえてくる。

勝連さんは野武士みたいに酒をあおる。

たちまち頬の腫れ上がった喜納さん、フレームはゆがんで、稲妻みたいにヒビのはいったメガネのまま俯いて飲みつづける。

有線からは「青葉城恋唄」がながれていた。

とうとう終いまで新城さんと仲間さんからの電話は無かった。

二十九年前の、今はもう無くなってしまった桜坂界隈の、小便横町でのことだが、一年後の一九八〇年、勝連さんは三度目の候補『勝連敏男詩集1961〜1978』で、第3回山之口貘賞を受賞。貘賞は一冊の詩集が選考の対象になる賞だから、勝連さんは立て続けに詩集を出していたことになる。

なんと凄まじいことだ。

ところが、あの酒場でのことから十五年後の、一九九四年の夏に五十歳で亡くなった。

業界誌に働いていると聞かされた勝連さんだったが、沖縄的な顔かたちに鼻筋のとおった方だった。

これが、わたしより四歳年上の詩人、勝連敏男さんとの最初で最後の出会いと別れになった。

三十三歳の火影《ほかげ》

新北風《ミーニシ》の吹く季節だった。

土曜日の昼過ぎから、妻方の親戚の引っ越し手伝いをしていた。

真栄里寄りの登野城に新築している。

車での運搬を三回ぐらい済ませ、やや片づいていたところだったが、引っ越しの最中から気になっていることがあった。

琉球新報の支局長・池間一武《いけまかずたけ》さんからの、昨夜の電話がそれだった。なんでもわたしの応募した作品が「琉球新報短編小説賞」の候補六編に入っているから、待機しているようにとのことだった。内心驚いた。これまで同賞には、昭和五三年「蟹釣り遊び」で迎里勝弘が佳作。昭和五四年度「帰省の理由」で仲若直子が、それぞれ受賞している。そして今回、昭和五六年度の候補にわたしのものが入っているという。初めての応募でいきなりの最終候補。まず、受賞は無理だろうと考えながらも、支局長に引っ越しの手伝いがあるので、家での待機は叶わないから、四時半ごろわたしのほうから電話を掛けるということにしていた。

そういうことで、少しばかり歩いて行ったところの公衆電話のダイヤルを回す。するど、開口一番、「おい、おい、通っているよ。受賞は女のひとの『約束』で、佳作はもう一人の女の作品で『帰り支度』というのと、君の、『少年よ、夏の向こうへ走れ』の三編が決まっているので、さっそく明日の朝刊の記事を書かないといかんからすぐ支局へ来るように」ということだった。

戻って、このことを告げると、先輩夫婦は、後は自分たちで適当にやるから早く行ってきなさい、ということになった。

皿を片付けている妻や義弟も満面の笑顔で送り出してくれた。

東バス西側の道路沿いに車を停めて歩く。市役所通りから西へ給油所を過ぎたところで、博物館にいて絵を描いている新城剛《あらしろつよし》さんにばったり出くわす。剛さんは「今、支局からの帰りだよ。君のこと聞いたよ。思ったより早かったなあ。でも、良かった。お互い頑張ろう」と握手を求める。新城さんは県展奨励賞の件でマスコミへ挨拶回りをしていたのだった。

やがて、新栄町にある新報の支局へ。ジャンパー姿のわたしはインタビューに対して、純文学という狭いカテゴリーに囚われずこれから幅広いエンターティメントを目指したいと応えた。途中、何度も鼻をかんだ。実を言うと、候補になったということで興奮して眠れなく、風邪を引いていた。熱もあった。インタビューを済ませると、池間さんは「与儀さんたちが祝杯の準備をしているから」

という。後で僕も行くからというのを聞いて、ちかくの喫茶店〈あかようら〉に向かい、二階への階段を上がる。それにしても気分が悪い。おまけに寒気さえする。ポケットから取りだしたティッシュでふたたび鼻をかむ。

カウンターには信成先生が泡盛を飲んでいて、「ハイ！　まずはおめでとう」とグラスをかかげる。窓際には砂川哲雄さんと宮良武さんが座っている。仲若直子は那覇だった。与儀さんはとりあえず簡単に始めようということで、支局へ電話をする。池間さんは記事をまとめているところだからもう少し待ってくれという。インタビューから三十分くらい経《た》っていただろうか。電話が鳴った。与儀さんの、「えっ！　そんな、君、あっさ、これはないよ！」という声があたりに響く。電話を切った与儀さんは、青ざめた顔でわたしの肩に手を掛けると、「池間が支局に来いと言っているから早く行って」と小声でいう。わたしは何が何だか分からず、階段を下りて再び支局へ。

いつもはちょっと生意気な口の利き方をする池間が伏せ目がちに「お前の受賞だけど、困ったことになっているらしい。大城立裕さんが自宅に帰って、本棚から取りだした、君なんかの同人誌『薔薇薔薇薇』をめくると、そこに君の、『少年の夏』が載っている。読むと内容は応募作とほとんど同じ。これを受賞させるわけにいかないといっているらしい。それでいま新報の専務と常務が、いったん決まってしまったのでいいのではないかと電話で対応していて、やがて大城さんの自宅に呼ばれて向かったらしいが、そこでも大城さんは前例をつくりたくないといって、ガンとして聞き入れないでいるらしい。文化部長の三木健さんも同人誌を読んでいなかったので、ちかくの文教図書へ走っていき、裏口から入って無理にお願いして、買い求めたところらしいが、立裕さんは自分にも厳しい人だから難しいだろうなあ、と話しているんだ……」ということだった。

落ち着きのない池間さんを前にして支局にいてもどうしようもないので、わたしはまた〈あかようら〉へ。

何ということだ。

目出度《めでた》い日が急変する。

問題の、未発表という応募規定に引っかかったのに落ち度は無いとはいわないが、このようなケースはわたしが初めてではなかった。嘘ではない。同人誌に発表して、手直し、改題改稿して県外の新人賞を受賞した人もいる。そういうふうにして応募している人を知っていた。だいたい仕上げたあとも気づいた点は手直しする。ほとんど同じといわれても細かいところの書き直しなどがある。担当の文化部へも同人誌を送っていた。であれば数少ない県内同人誌へ目を通していなかったスタッフの怠慢を問われても仕方ない。

しかも那覇とは違い、遠く、離島の八重山でほそぼそ出している少部数の同人誌である。

また、そのように厳しくする状況ではなかった。何よりも、県内文学の裾野を広げレベルを高めるということに最大の目的があった。

それにそれほど騒ぐほどの賞でもない。

このようなわたしなりの言い分もあって、普段なら、大酒をあおって悪態をつくところだが、風邪を引いていたわたしはその夜飲む気力すらなかった。身体は冷え、疲れてもいて、早く家に帰って眠りたい気分だった。

そして翌日にはこの騒ぎが悪い冗談だったとして元通りになることだろう、と軽い気持ちでいた。

みんなにも悪い気がした。

応募作品が候補に入らなければそういうことは起きていない。

みんなも、溜め息を付いたあと、明日また飲み直そうと言うことで解散した。

タクシーに乗らずに歩いた。

外灯を見つめて歩いていると、昨夜から今までのことが頭の中を駆けめぐる。

心のなかで、バカヤロウ！　と何度も叫んで、登野城団地西の入り口辺りへさしかかったとき、墓場から一つ二つ三つ風に吹き上げられたホタルが高く舞い上がっている。

そのうちの一匹が回転しながらとおくへ飛ばされていく。

夕方あたりから強くなった北風がススキの尾花を荒々しくゆらしている。

三階のドアを開けて家に入ると、薬を飲んで、明かりの消えた寝床に入った。

咳き込むわたしのところへすり寄ってきた妻が、どうだったと訊《き》く。話したくもないこれまでの事を話すと、黙ったままだった。明かりが点《つ》いてなくて救われた。落胆した顔を妻に見られたくなかったからだ。

　このときほど暗闇をありがたく思ったことはない。


　翌日、支局に入った連絡では、決まった過程の選評は新聞に載せるが、やはり賞は取り消すということであった。当然のこと周りも納得がいかない。数日後、砂川さんが離島港ちかくの喫茶店〈信天翁《あほうどり》〉へ誘い、したためた新聞社への投書を見せてくれる。考えていたとおりだった。文化部で同人誌への目配りをして、原稿の段階でチエックしていれば今回のトラブルは起きなかっただろうというもので、憤懣《ふんまん》やるかたないわたしは満足。これでいくらか楽な気分になるかもしれないと考える。ところがそれも受け入れられなかった。三木さんからの電話では「彼は、いつか、必ず取るはずだから、こんなことをして、選考委員の心証を害しないほうが彼のためにもいい」ということだったらしい。

　落ち込んだわたしへの気づかいからか、砂川さんが八重山毎日新聞社に作品を載せてもらえるように交渉して承諾を得る。挿絵《さしえ》は同人誌の表紙を描いていた後輩へお願いしたが、あまりいい出来ではなかったのでわたしが一晩で仕上げる。こういうことで、琉球新報に発表された受賞作品のように、わたしの幻《まぼろし》の受賞作、『少年よ、夏の向こうへ走れ』が見開きで新年号を飾った。

有り難かった。

広告を出してくれた店へも感謝する。

来年こそはと心に誓う。

その後、受賞者の中から、又吉栄喜、目取真俊など芥川賞作家が出てきて、琉球新報短編小説賞は名実ともに沖縄における文学のスプリングボードとして活況を呈するようになる。

わたしの、この、受賞取り消し、というちょっとしたハプニングは、一九八一（昭和五六）年の、今から二十八年前のことである。前代未聞の出来事を経験したわたしだったが、何かにつけてうまく事の運ばないのはその後もつづくのだった。

氷の家

わたしが三十六歳のときのことになる。

大城立裕の「カクテル・パーティ」が芥川賞を受賞してから二十年くらい経《た》ってはいたものの、依然として文学不毛の地といわれていた沖縄に小説を書きたいという人が増えはじめ、新聞社主催のカルチャーセンターは盛況だった。

そのころわたしは地元の同人誌に短編小説をいくつか発表していた。

梅雨《つゆ》明けまぢかの晴れた日のことだった。

文化会館に行ったところ、職員から、那覇から来た方が君に会いたいといっている。どういう方か詳しくは分からないが、最近、本を出したらしいとのことだった。話からしてわたしより年上であることは確かのようだった。そして、電話の主《ぬし》である友だちが給油所に働いているということなのでその人にあたってみてごらんという。

わたしはさっそく給油所の事務所へ行き、訪ねてみると、頷《うなず》いた所長が大声で、ガソリンポンプからホースを伸ばし、レバーを掴みノズルを車の注入口へ射し込んで給油しているオバさんを手招きで呼ぶ。オバさんに事情を話すと、知り合いの家に泊まっているとのこと。お礼を述べると、その家を訪ねることにしてバイクを走らせた。

赤瓦の古い家で屋敷の周りを福木に囲まれている。表札を確かめると、開けてある鉄扉から、玉《たま》砂利《じゃり》を踏みしめ、正面のヒンプンを右に回る。立派な庭の、池のちかくには苔《こけ》のはえた大きな桜の木がある。まさに旧家の佇《たたず》まいというところだった。いきなり一番座のほうから顔を出すほど親しくはないから、いくらか開いている玄関から挨拶をする。「赤馬節」の謡《うた》がながれていて人の気配はするのに返事はない。それで今度は大きな声でかけてみる。と、しばらくして、

「どうぞお入り下さい」という女の声が。

意外だった。

給油所の、めんどうくさそうな態度の、友だちの話しぶりからてっきり男だと思っていた。

仏壇のある暗がりの二番座を通り抜け一番座へ。大きな座卓を前にして、小太りで、五十代の女性が座っている。原稿用紙に向かって何かを書いている女性は、おもむろにメガネをとり、万年筆をおくと、丁寧にお辞儀をする。女性はもともと石垣島の出身で、二十年ぶりの帰郷だが、ほとんど変わってしまっていることを嘆き、今浦島の心境であることを笑みを浮かべながら話す。そのあと、こんなちいさな島で文芸活動を続けていることに労《いたわ》りの言葉をかけて下さる。恐縮しながらも悪い気はしなかった。それにしてもだれから聞いたのだろうか。わたしのことをかなり知っている。念願であった作品をまとめ、郷里に帰ってきた先輩にお茶や菓子を勧められる。遠慮なく口にしながら、少しばかり文学談義に花を咲かせる。文学関係者と交遊がある様子。ときおり水音がするので池に目をやると、水面を赤や白の大きな鯉が跳ねる。十五分ちかく話し込んだだろうか。そろそろ引き上げる仕草をみせると、先輩は座卓の扇子やテープレコーダーの横に積まれた自らの著書に手を伸ばし、サインをいれ、謹呈する。他にはどなたがいるか知らないので、あなたのほうから差しあげてもらえないだろうかといって五冊、手提げ袋に入れて渡す。帰りに大和名《ヤマトゥナー》の名刺に電話番号を書き添えて差し出し、玄関では手をついてお礼を述べていた。その家を後にしながら、美人とはいえなかったが落ち着いた口調の先輩に育ちの良さを感じ、何やら清々しい気持ちにさえなっていた。

三浦美沙と刷られた名刺の肩書きは作家とあった。

さっそく、わたしは文学仲間に配布して、明日にでも、作品のことを語り合いながらささやかな歓迎会でもしたい旨《むね》を告げる。〈あかようら〉から〈逢謡《あよう》〉と店名や場所がかわったスナックに決める。文化会館館長の与儀玄一さんの奥さんが営んでいるちいさな酒場。出席者は、教師で文学にも造詣《ぞうけい》の深い宮良信成さん、与儀さん、わたしの三人だった。どういう訳か、宮良武さんと砂川哲雄さんは欠席。わたしは頂いたその日の夜に読んでいた。わたしの目指すものからするといくぶん違ってはいたが、それでも文学作品は多様性に満ちているものだとして、引っかかる幾つかのものを頭の中から追い払っていた。信成さんは早いピッチで泡盛を飲んでいる。約束の時間を三十分ほど遅れていただろうか。先輩の女性は現れた。一人ではなかった。パリッとした背広に身を固めた一目で本土からと分かる恰幅《かっぷく》のいい方と一緒だった。その方とは機内で知りあっていたらしかった。先輩は安い土地があれば求めて別荘でも建てたいわね、と話したという。不動産会社のその方は、出版祝いにと祝儀を包んでいた。料理がはこばれる。それを機に与儀さんの乾杯の音頭。引き続き、わたしが簡単なスピーチを。批評など失礼に当たるので、もっぱら描写の良かったところを取り上げる。先輩は小説を書くことの苦悩と喜びを話す。雄弁だった。これまで黙って聞いていた信成さんが、咳払《せきばら》いを二、三回続ける。悪い予感が。メガネの奥からキラリと冷たい視線を相手に向けると、「あんたはいったい何を書いている！　これでも小説のつもりか！」と切り出した。そのあと、文章の、あっちがなってない、こっちがなってないとまくし立てる。ビックリした不動産会社の方は、「わたしは文学などという高尚なものとはとんと縁のない人間です。場違いでした。失礼いたします」といい、席を立った。たちまち暗雲が立ちこめ、気まずい雰囲気に。わたしは俯《うつむ》いたままだった。先輩は、「先生がそういうならそのとおりでしょうよ」《シンシィヌアンジアンコールカーウヌトゥールドゥヤロールラー》と怒りを抑えた方言で上品に言い放ち、トイレへ。カウンターちかくから歩いていく先輩を奥さんはじっとみていた。先輩が戻ってくると、与儀さんは双方に気を遣《つか》いながら、三好京三や佐木隆三とのことをさかんに話ながらとり繕《つくろ》う。

　そのときだった。

「あい、姉さん！　喜舎場のオバアと違う!!　ウチ分かるでしょ。お菓子屋の和子です！」という言葉に、たちまち青ざめ、顔面をピクピク引きつらせる先輩はすくっと立ち上がりそのまま帰ってしまった。店を出ていく先輩を追っかけ慰めて何処《どこ》かで飲み直すことなどできる雰囲気ではなかった。

　雨が急に降り出した。

　激しく窓を打ちつける雨音に負けじと、和子さんは思い出したことを声を高くして喋り続ける。

　和子さんの実家は桃林寺の近くで戦前からのお菓子屋さん。結婚前の、十九そこそこのことになる。朝早くから女の人が乗り込んで来て、「アンタたちウチの人に入れるといって入れなかったでしょ！　あっさ、ちゃんと顔にかいてあるさ！　信じられない！　もう、誰も何もかも信じられないさ！」と凄まじい形相《ぎょうそう》で怒鳴る。市会議員に立候補した夫が落選した翌朝のことだという。他の家々でも同じように喚《わめ》き散らしていたらしい。

喜舎場のオバアはまだ四十になっていない。

そのころわたしは中学一年生だった。本土就職者を送り出す船に色とりどりたくさんのテープが風になびくのを自転車に跨がったまま遠くから眺めていた。

時代は高度経済成長に突入する一九六一年のこと。

しばらくして喜舎場のオバア家族はどこかへ引っ越し、消息を絶っていたらしかった。


歳月の流れほど速く感じるものはない。

わたしと違って、真っ正直に酷評を述べた信成さんはあれから八年後に亡くなっている。

若かった与儀さんも老人クラブの役員などして忙しく走り回っている。

四年前、第30回新沖縄文学賞の掲載された『沖縄文芸年鑑』に〈新沖縄文学賞の三〇年・歴代受賞者による競演〉と題して九人の方の短編が載ったのを機会に、前年度「母、狂う」で受賞した玉《たま》代勢章《よせあきら》さんへ合評会の開催を呼びかけた。国際通り沿いの喫茶店〈インシャラー〉でわたしが中心になり作品評を行ったあと、河合民子さんのやっている〈レキオス〉という居酒屋へ向かった。泡盛を呑《の》み、又吉栄喜や目取真俊の作品の話題になったり、思うようにいかない創作の、日ごろの鬱憤《うっぷん》を晴らしながら交友を深めた。

最近のこと、文学仲間の一人である白石弥生さんから、「四年前の文芸年鑑に載っていた新沖縄文学賞の第一次選考の選評だけど、読んだ?」との電話。普通そこまで丁寧に目は通さない。まだ読んでないことを伝えると、「すぐ、読んでごらん……」というのを聞いたあと、しばらく雑談を交わし、電話を切ると、近くの書棚から取り出し、めくってみて、はっとする。

序列の終わりのところに、忘れもしない、あの三浦美沙さんの名前があり、六十枚の小説で応募していた。

わたしにとって人ごとではなかったあの日の出来事から、二十五年が経《た》つ……。

改めて、その作品集を手にとってみる。

沖縄本島の出版社から上梓《じょうし》された、喜舎場のオバアこと、三浦美沙さんの、『氷の家』の表の帯には、〈人が男と女に産み分けられる刹那から、それぞれの性《さが》に潜む生きざまは、個々の内景を浮き彫りにしていく。親子とは何か、家族とは、肉親とは、愛とは……と、悲傷の疼きに耐えながら、ひたすら問いつづける作品〉とあって、裏は〈無形の臓器に内包する情熱が、織りなすエロチシズムは、美の探求に昇華され、至高のヒューマニズムを追い求める。作者のその姿が、岩清水のように行間に脈打っている。読む人の心に思惟の杭を打ちつけるような創作集〉と謳《うた》い上げられている。すばらしい帯の文章からすれば、収められた作品の一つ一つは実に痛ましい。

息がつまり苦しくなる。

喜舎場のオバアはとうに八十を過ぎているはずだ。

改姓改名までした喜舎場のオバア。今でも、昔の人たちを、見返してやるんだと、燃えさかる炎をゆらめかしつつ、原稿用紙の升目を一つ一つ埋めているのだろうか。

梅雨どきに、旧家を思わせるところで聴いた「赤馬節」が耳の奥から静かによみがえってくる。しばらく物思いに耽《ふけ》りながらも、喜舎場のオバアには、故郷に錦を飾れる日まで、書き続けて欲しいと祈らずにはおれなかった。

夢への階段

昭和が終わろうとしていた

四月の中旬で、土曜日の五時ごろだった。

迎里勝弘から電話が掛かってくる。

空港からで、これからすぐわたしのところへ向かうという。彼の一方的なのはいつものことだ。それでも弾《はず》んだ彼の声を聞くと嬉しくなる。というのも市役所にいる友だちから、彼が本を出していて、組合役員のところへ、何箱か送りつけているというのを聞かされていたからだった。電々公社から始まって新聞社、市役所という恵まれた職場にいながら文学への想い断ち切れず、東京へと旅立っていたのだった。他人からどんなに言われても彼の一途さは変わらなかった。二十八歳のとき送別をしてから八年、彼も三十六歳になっている。現在は大阪の業界紙に働いていて小説を書いているということだった。

彼は、一、二年前から今はこんなミステリーを書いているとの報告めいたものを、夜中の三時ごろ酒場から電話してきたりしている。

それもたびたびなので、翌日は睡眠不足に悩まされていた。

タクシーの止まる音がする。

空港から、真栄里に居を構えたわたしのところまでだいたい十分。

迎里の声がして勝手に玄関から入って来る。変わらない。いつもの、長い髪に、サングラス。このスタイルを目にすると、一九七六年から一九七八年までの三年間がたちまち甦《よみがえ》る。彼が二十五歳から二十八歳のときだ。その間、「転落」「暗い記憶」「密閉された空間」「K夫婦」「落日」「銀の鋏」の、六編の小説を発表している。

彼は書くことにかけては実に精力的ではあったが、他にも何かと話題を振りまいた。そのころわたしは書店に働いている。来ると、次回の小説の粗筋を喋り、長くなって疲れるのか、ちかく出す同人誌に載せるから、そのとき読んでくれ、と言ってサッサと帰ったり。あるときは、今、女教師と付き合っているが、辞めさせて一緒に東京へ連れて行き、僕が一本立ちするまで助けてもらおうと考えていると打ち明ける。そうかと思えば、母校の文芸クラブで文学論をぶちまけて来たりする。それまでは良かったが、いつの間にかわたしのところの女子職員と付き合う。その娘は彼から渡された小説の原稿を休憩時間に読んでいて、感想を言わなければならないけど、何を訴えているのか、ウチには分からないさぁ、と溜め息を付いたりしていた。そのうち彼は埴谷雄高の「死霊」をセットで買い込んでいた。そんなお客としての関わりがあった。彼はわたしへ電話してきて、わたしがいないと、「君なんかと話をする必要はない！」と電話を切って、みんなを憤慨させていた。誰に対しても同じで、生意気といえば生意気。彼は組合の強かった電々公社にいたので文学面でもかなりのオルガナイザーだった。だからすぐに同人を集める。わたしもいつの間にか、仲間になっていた。また、新聞記者の経験を生かして絵画展などがあると頼まれもしないのに、展評みたいなものを書く。彼のお陰で終盤に参観者が多くなりかなり盛り上がったと主催者は笑っていた。ところが、お願いして書かせるということは皆無だった。地元でわたしたち以前に六歳年上で、文学をする先輩はいるにはいた。わたしの高校時代に『座標』という同人誌があって、二号まで出したあと、同人の三人とも沖縄本島に出て、ちょうど『薔薇薔薇』が三号を出す数週間前に、那覇で三号をだしていた。そんなわけで彼の悩みは小説を書いている先輩に恵まれないことだった。寝ても覚めても文学の二文字しか頭にない彼。あるとき、文学青年だったという高校の国語の先生に読ませて酷評されたりもしていたらしいが、本人はなんとも思ってない様子だった。大江健三郎を熱心に読んでいるときもあった。そうしているうちに那覇から新城兵一と仲間昇が転勤してくる。彼らは詩を書いていた。二人とも迎里とおなじ独身ということもあって、夜もかなり付き合っているようではあった。ところがそれは会話のみ。彼はあまり飲まなかった。白保から車で通っていたからだ。三年が経ち、二人が転勤して石垣島からいなくなったのが彼の転機の一つの要因になったのだろうか。市役所を辞め、東京に行くと言い出した。

わたしたちは簡単な送別会した。

その数ヵ月後に、「蟹釣り遊び」で第6回琉球新報短編小説賞の佳作を受賞する。

「竹本さん！　迎里勝弘です。迎里勝弘はとうとうやりました！」という東京から掛かってきた彼の電話が今でも印象に残っている。彼は自分を名乗るときフルネームでいう癖があった。あんなに孤軍奮闘していたのだから受賞のとき石垣にいて欲しかった。彼の苦労に報いて、小さなパーティーでもしてあげて、旅立たせていたらどんなにか良かったのにと悔やまれた。これまで彼の小説のことよりも、奇抜な行動や言動そのものが話題に上がった。バカにされるときもあった。だからわたしはそういうことのないように目立ったことを控えていた。胡散《うさん》臭く見られるからだ。まったく田舎での文学活動は辛い。彼が受賞すると、街で会う知り合いの先輩は一様にこういったものだ。「オイ、君なんかの迎里、モノになったじゃないか！　やっぱり何かをやる人間は変わってないとなあ」と。こんな後だったので、迎里と入れ違いに石垣に帰ってきた仲若直子が翌年の一九七八年八月、「壊れた時計」で第４回新沖縄文学賞佳作。一年経《た》って十月に「帰省の理由」で第７回琉球新報短編小説賞を受賞したときには違和感をいだくほどの受賞パーティーとなった。その後も、一九八二年「海はしる」の出版祝賀会とみんなしてパーティー慣れしていった。

こんなことなどもあったが、わたしは数ヵ月前に『薔薇薔薇』を出していた。彼が県外転出後の九号から編集人になっていて、その、十四号のなかには、「さようなら、夏の匂い」「カラス森伝説」というわたしの小説が載っていた。

迎里はハイと笑顔を向けると、バッグを置いた後、肩からの箱をドンと下ろし、包みを差し出す。わたしは大きな角封筒から取りだしたものを見て度肝を抜かれる。Ｂ６判のサイズで、七百ページ、厚み四センチ以上のもの。表紙は黒地に赤。『大将が死んだ』という大きな題字が踊る。〈大阪と沖縄とを駆け抜けるミステリーロマン〉、とあって、帯には〈一挙九百枚・長編書き下ろし堂々の意欲作〉とある。

「竹本さん、迎里勝弘もこれで作家や。原稿用紙九百枚やで。並の人間には真似できへんことや。東京に出たとき、マンガ原作者の小池一夫のもとで働きながら書いてたんやけど、東京の言葉では今ひとつ物足りず、迫力がないと思っていたんや。そんなとき、ある人から関西弁が人間味のある言葉だと言われてなあ、関西弁で小説を書いてみようと思うたんや。そして五年前に大阪に住むようになったんや。竹本さん、沖縄という狭いところにおれば純文学しか書けないやろ。違《ちゃ》います？俺が大阪のことを書けるのも東京を知ってるからなんやで。推理小説は純文学と違《ちご》うて幾つか街を流浪しないと書けないんやで、厳しいんや！　ええっ！」。鼻息が荒い。昔の迎里と何一つ変わってない。

立ち上がると、数名に電話を入れる。

今日は迎里のお祝いだ。

ところが、妻や子どもは何処《どこ》に行ったのかいない。仕方なく、近くの小さなスーパーや刺身屋まで行き、アイスに三合瓶、三本、イラブチャーに鮪《まぐろ》や鰹《かつお》の刺身を買ってくる。

準備をしているうち、新城剛さんがやって来た。迎里が石垣を去ったあと、沖展賞をとっている新城さんは迎里に接する態度も以前とは違いゆったりとしている。お互い旧知の間柄なので会話が弾む。図書館員から学校事務職になった砂川哲雄さんは用事があるのか、まだ来ない。宮良武さんは畑仕事をしていて遅いので呼んでいない。妻が居ないのでこれといった酒の肴《さかな》はないが、酒と刺身だけはたっぷりある。出すと同時に新城さんは忙しそうに箸を付ける。迎里の話にいちいち頷《うなず》いてはいるものの、聞いているのかどうか分からない。刺身を食べたり酒を飲んだりで忙しい。

三十分ぐらいしただろうか。

玄関からわたしを呼ぶひときわ大きな声がする。返事をしたとたん、上がってくる。琉球新報の支局長だ。池間一武から金城紀春、中村喬次へと替わっている。わたしより九歳上の喬次さんは奄美出身で、第４回九州芸術祭文学賞の沖縄地区選考に於いて、「陽の影」で次席になっている。四十九歳になっているから、十五年前の三十四歳のことだ。そんなことで話が合っていたが、迎里とは初対面である。喬次さんは四年前に「大将が死んだ」の版元である海風社から『南島遡行《そこう》』というエッセイ集を出していた。奄美出身の喬次さんは癖毛で眉が濃く、刑事のような目つきをしている。迎里と同じ何事にも物怖じしない態度で堂々としたもの。ただ、酔って喋りだすと、一人悦に入ってしまうところが玉にキズといったところ。それに膨らんだ大きなレジ袋を重そうに下げて訪れる彼に初めての人は騙される。差し入れかと思うからだ。だが違う。七、八缶のビールはみんな自分が飲むのだ。彼は根っからのビール党だった。困ることがもう一つ。ティシュの箱を自分の膝元に置く。喘息持ちのため気管支が弱いのか、話の途中に口の中から痰《たん》を吐き、ティシュをまるめる。去った後はティシュの山が残った。彼は奄美にいるとき、あの高名な島尾敏雄と交流があったので、毎回、話の途中か終わりごろに必ずそれを差し挟む、という話の編集を怠らなかった。そして仕上げには裏声の奄美の島うたを唄う。

今日もまた、喬次さんのいつもと変わらない話しぶりがこれから展開する。

始め、体調が思わしくない、と言って静かな口調で話していた喬次さんだったが、ビールを六缶くらい空けたころから、にわかに喬次節のエンジンが掛かり始めたまさにそのとき。

「あい、奄美の黒ウサギ！　自分だけ喋らんで黙れ！」と、迎里が喬次さんを面罵《めんば》した。とたん、喬次さんの目つきが鋭く変わった。ちょっとした沈黙があって箱からティシュをシュシュと抜き出すと、痰を吐く。そして、「お前の、この弁当箱みたいな小説の書評は誰が書くのか」としずかに切り出した。

「津野さんですね」迎里は笑いながら応える。

「お前の、こんなもの、津野さんが書くぐらいではない……」

「こんなことを言っても、海風社の作井満さんを通して決まっているのに！」

「いいや、僕から津野さんに書かないように申し入れる！」

喬次さんはテーブルを激しく叩きつけると、そのまま出て行った。

わたしは残っている二缶のビールとテーブルの下のティシュをじっと見つめたあと、二人を見回し、苦笑いをした。その後、美崎町へと繰り出し、新城さんの馴染みの酒場で飲み直したものの、あまりいい展開にはならず、彼に送っていた同人誌の、わたしの小説のことも話題に上がらなかった。

やれやれと思いながら、ためらいつつも『大将が死んだ』を読む。

物語は淀川区の染色工場で起きた社長の火災焼死から始まり、舞台は阿倍野や飛田、ミナミ、淡路と次々に展開。事件の鍵を握るのは石垣島に住んでいる男。放火殺人を実行し、老社長を自殺と見せかけた、その男のアリバイがなかなか崩せない。やがて西表炭坑にまつわる事件へと遡《さかのぼ》り、島に生きる人間たちの生きざまを絡み合わせながら、一気に解き明かしていくという筋立て。これまで用いられなかったトリックも披露。社会性に富んだ構成となっていて、大阪と沖縄の石垣島を結ぶかつてないスケールのミステリーロマン。

ところで、気を揉《も》んだ書評の件だが、迎里が帰って二週間くらいして、二年前に「手遅れの死」で「小説推理」第7回新人賞受賞の新進作家、『群れ星なみだ色』を双葉社から上梓《じようし》して間もない郷土出身の津野創一さんが琉球新報に好意的な一文を寄せていた。

いつも周りをやきもきさせる迎里勝弘だったが、同人誌の先輩である宮良武さんは、「都会ではむしろ彼のような田舎っぺが強いんだよ。何も心配ない」と言った。なるほど、そんなものかもしれない。わたしは自分とは違った彼の将来へ可能性を託すのだった。

甘い果実

平成という元号に、まだ馴染めずにいた。

石垣でロマン書房という古本屋を営む照屋全芳《てるやまさよし》が本を出したので、数名の仲間で飲もうということになった。

場所は市役所の向かいでだだっ広いところだった。

七月の下旬で台風が近づいていた。

出席者の顔ぶれは、中村喬次、石盛利男、新垣義昭、新城剛、石垣喜彦、大浜伸子、島尻修、それにわたしと主人公を含めての九人。

たたむ寸前の店なのか、わたしたちの他に客はなく貸し切り同然だった。

みんな一通りスピーチを済ませると、中村喬次さんは石垣喜彦、新垣義昭、石盛利男さんたちを交え迎里勝弘の話を。画家の新城剛さんは「雪国」や「無錫旅情」を唄いながら、島尻修、大浜伸子たちと。それぞれ小さなグループに分かれて飲んでいる。わたしは職場の人事の件がずっと気になっていて今ひとつ酔えない。

それにしても主人公である照屋全芳は何度も席を立つ。長いシートの端っこに座っているわたしはトイレから戻ってくる顔色のすぐれない全芳に、席を寄って座らせると、話しかける。彼は昨夜、那覇で二度目のお祝いをしてもらったが、飲み過ぎで身体の調子を崩していると話し、「まあ、本を出せばいろいろあって……あとで解ると思いますから……」と言う。何を言いたいのか理解できないのでわたしは彼をじっと見つめた。すると、周りを気にしながら、小さな声で、最初のお祝いに、「詩・批評」の同人である新城兵一《しんじょうたけかず》さんがやって来て、言いたい放題の罵声を浴びせ、テーブルをひっくり返して暴れまくりパーティーをめちゃくちゃにしたというのだ。とんでもない話しだが、すべて信じるしかなかった。

石垣には三年ほどいた新城兵一だったが、那覇に転勤してかれこれ九年が経《た》っている。全芳の話を聞いているうち、さらに酒が進まなくなり、過ぎ去った新城兵一との苦《にが》い思いなどがたちまち脳裏を掠めるのだった。

彼が、八重山農林高校に勤務しているときだった。

仕事で図書館へ立ち寄ったあと、高校時代に読んだドフトエフスキーを思い出しながら、ついでに彼のいる物理科を覗《のぞ》くと、休んでいるという。二時ごろだった。風邪でも引いたのだろうか。彼のいる職員宿舎は裏門から南へ七十メートルの、顕彰碑《けんしょうひ》の建っているちかくだったので、とにかく行ってみることにして、近くの店から焼きそばを求めて持参した。声を掛けてドアをノックすると、

「入れ～え」と彼の濁声《だみごえ》がする。ドアを開けると、むっとして汗臭い。大の字になっていて寝返りを打つと、目を細め、メガネを掛ける。わたしは上がり框《がまち》に腰を下ろす。すると、レジ袋へちらっと目を遣《や》った彼がガバッと起きあがり、袋から取りだしたパックを乱暴に開けると、飢えた野性の動物みたいな勢いでたちまち食べ終え、物足りない顔をした。見ていて、いつかのことが甦《よみがえ》る。彼と一緒に喫茶店入ったわたしはコーヒーを注文。とどいたコーヒーを啜《すす》っていた。やがて彼のカレーライスが。ウェイトレスはスプーンをおいたあと、笑顔で水を運んでくる。そのウェイトレスが目を丸くして立ちつくした。それもそのはず、ほんの一分も満たないうちに平らげていて、受け取った水をがぶがぶ飲むと、もう一杯と息を吐く。ウェイトレスが去って、ささやき声と驚きの声が厨房《ちゅうぼう》から聞こえた。

十八番街でのことがある。

晩《おそ》い時間からやって来て、くだを巻くので、彼がカウンターに座ると、ボーイが後ろから抱きかかえてつまみ出そうとしたところ、カウンター板の手前をヤシガニみたいにガチッと掴んで離れない。これがボーイたちの間で話題になっていて、彼が現れると、「おい、ヤナ、ビーチャー元気か！」と声を掛ける。と、敬礼をして、「ハイ！　新城二等兵、今日もはるばるやって来ました！」と応え、路上にたむろっている年増《としま》のホステスたちからからかわれる。ある人が、彼は高校教師で沖縄を代表する詩人らしいよ、と話すと「狂《ぷ》りむん！」と言われ、相手にされなかったという。

またある日は、十八番街から三百メートル北へ上がったところのルポライター友寄英正(金城朝夫)宅でのこと。夜中の三時過ぎ、激しく戸を叩く音がするので何事かと、開けてみると、新城さんが足踏みしながら、「トイレかしてくれ!」と大声で叫ぶ。彼が帰った後、眠れなくなって頭にきたのか、友寄さんはこのことをいろんな人に言いふらしてしだいに事を大きくしていく。おまけに本人ではなくわたしが謝りに来ないと許さないという。まったく理不尽なことだが、しぶしぶ友寄宅を訪れたことがある。それ以来、わたしは友寄さんには頭が上がらないようになった。

さらに、わたしの恩師がやって来て困った顔で切り出した。

朝の職員会議が終わろうとしているころ、酔いの醒めやらない新城さんがみんなの前に姿を現す。見ると、スプリングシャツとステテコ姿に下駄《げた》。唖然《あぜん》とするみんなを尻目に出席簿を抱え、女生徒のいる生活科へ急ぐので、数名で追っかけ、取り押さえて、宿舎へ連れ帰ったという。身体も大きく抱きかかえるのに手こずったと呆れ顔で喋っていて、お願いだから君までそういうふうにはなってくれるな、ボクに恥をかかすなよ、ときつい目つきをして帰った。

わたしより三歳年上の彼は仲間に甘えた。

まるで無頼派作家そのもの。それも彼流の接近のやり方がある。ちょうど目の前を這っていた蛇が、気がつくと、いつの間にか懐《ふところ》でとぐろを巻いているという感じ。それくらい巧みだった。始めは哀れをよそおい二、三度飲むようになると荒れる。文学仲間だけではない。同郷の教師も彼の対象だった。被害を被った教師は彼が三度目に訪問したとき玄関払いをして塩を撒《ま》いた。しかし、宿舎ちかくの教師宅へその後も訪れるので、いざというときに備えて玄関脇に木刀を立てていたという。彼が石垣へ転勤して来て三年目の一九七八（昭和五四）年に、大浜信光の詩集「先島航路」が出版され、その方の奥さんが大浜信光の親戚関係であったので親しみを感じていたのかもしれない。

ところが彼だけではない。

潮の干満をねらい、生徒たちへ自習をさせ、本人は釣りへ。五時ごろ帰ってきて、獲った魚を自慢しながら包丁でさかんに鱗《うろこ》を飛ばせて笑っている。

八重山高校にいた教師のことで、彼が赴任する前のことになる。

とにかく、変わり者は何名かいた。

新城さんの主宰する個人誌「橋」の表紙をわたしが下手な絵で飾ったこともあった。転勤して来た翌年の一九七六（昭和五一）年に国文社から出した「未決の囚人」が小熊秀雄賞の候補になっている。

〈新城兵一の「未決の囚人」を重苦しい思いで読みあげた。沖縄の最南端の島、石垣市に住む三十代のこの詩人は同地で詩誌「橋」を主宰し「パルナシュウス」（福岡）の同人で注目すべき作品を発表してきたが、これはその第一詩集である。収録四十九編のいずれにもいえるのは鋭い批評性と、青春を含めた貴重な半生に於ける現実との格斗の証しである。……〝墓地を型どる仕草で／

記憶を掘る行為に疲れると／ここは冬の陸橋みたいな肌寒い場所／ぼくの耳の広場は／死児たちの亡霊におそわれる／恐ろしい幻聴の地獄だ〟（「夏のイリュージョン」より）。

厳しい沖縄の過去をくぐって、その南海の僻地に住む詩人の呻きが伝わってくる。表現上も論理的ないいまわしの重たい詩句が多く、自己の内部格斗と詩の表現とが、この後どのように対応されてゆくか、時間の推移ばかりでなく辺境の問題と合わせ考えさせられる―〉という評を、黒田達也が読売新聞に載せている。

文化会館東、トヨタの販売店であったところに古本屋をオープンした照屋全芳は初めのうち、わたしが同人誌「詩・批評」「環」「非世界」、それに「青い海」などで掌編小説を書いていた彼を知らないとでも思っていたのか、白のサファリ・ルックに白の鳥打ち帽子を深く被って、沖縄関係の棚にある伊波普猷全集一巻目の、「古琉球」を図書券で安くして売ってくれとレジの女の子を困らせたりしていた。そうしているうち正体がバレて観念したのか、ラフな格好の照れ笑いで挨拶するようになる。新城剛さんとの三人でときどき飲むようになると、ボクのところでは村上春樹の「ダンス・ダンス・ダンス」がすでに古本として出回っているよ、という会話などをしていた。身長一メートル八十五くらいで肉付きのいい彼は圧倒的な存在感があった。

わたしが三十二歳のとき、桜坂の小便横町の飲み屋で新城兵一さんと待ち合わせをしていて、新城さんが途中でいなくなったのは、評論をしている上原生男《うえはらなりお》さんのせいだけではない。勝連敏雄さんとのこともあった。新城さんも勝連さん同様、貘賞を狙っていた。勝連さんが第3回山之口貘賞を受賞した年（一九八〇年・六月発表）の数ヵ月後に、詩集「流亡と飢渇」で沖縄タイムス出版文化賞を受賞していたからだ。

これはこれで良かったかも知らないが、しかし出版文化賞の場合、半分は版元（根元書房）を表彰するもの。新城さんの欲しいのは貘賞だった。わたしは那覇の文学仲間から彼が酒を飲んで始末に負えないくらい荒れているという話をたびたび聞かされていたのだった。

これが賞というものの恐ろしさでもある。

その後も詩集を出し候補になってはいたがとれない。

こんなとき、貘賞にこだわらなくても充分に沖縄を代表する詩人だから、というのはなんの慰めにもならない。

そのような時期だった。

照屋全芳が「鏡のなかの海」という作品集を海風社から上梓《じょうし》したのは……。

わたしは全芳に同情しながらも、心の中で新城さんを支持していた。これは何も彼が同人誌の仲間だったからというのではない。全芳の本の、版元のことがある。そのころ一冊の本にする手持ち原稿のある人たちはだいたいそこから出していた。それはそれと南島叢書シリーズにどうにも納得できない作品集まで入っていた。全芳には悪いが新城さんもわたしと似た強い憤《いきどお》りがあって爆発したに違いない。

飲み会の終わりに、三回祝ってもらったうち、今日のものがいちばん嬉しかった、と四歳年下の全芳は述べていたが、それにしても、どうして……という思いだけが駆けめぐる。

わたしが三十くらいのとき石垣を去ってから彼から手紙が届いていた。


竹本さん、その後お変わりありませんか。

「うるずん」で飲んだ日がなつかしく想い出されますが、八重山の同人たちは、今でも飲んでいるだろうか。

ところで「詩・批評」を始めました。それを二十一冊お送りします。一冊は竹本さんへ。二〇冊は販売して下さいませんか。八掛けにしますので、私どもは一冊あたり四〇〇円いただければよいと思っています。それから「薔薇薔薇」は発行しているでしょうか。ぜひ続けて下さい。私どもは、来年の二月に第二号を出します。

個人的な事ですが、私にも女ができましたので、お知らせします。今年中に結婚するでしょう。酒のほうは少なくなりました。

東江君にもよろしくお願いします。

では、今日はこのへんで失礼。

一九七九・一〇・二一

大柄なロシア風の女性を伴って会いに来ていた彼だったのに、照屋全芳の出版祝賀会であんな無礼なことをしでかすとは……こういう悪い酒癖や酒乱のたぐいは治らないのだろうか……。

ところが、人づてに聞かされている。

奥さんが教師でとてもできた方だということを……。

その後那覇で数回会ったが酒を断っていると話していた。

おだやかな表情で色白の奥さんは信仰をもった方に見えた。

いろんなことのあった彼だが、わたしにとっては飄風《ひょうふう》のような人で、いつまでも忘れられない心に残る方である。

＊このエッセイを発表した二年後に新城さんは第34回山之口貘賞を受賞した。

リスボンまで

二月二十日のことだった。

いつものように、時計の針が六時を回ったところで、仕事場から〈おでんモリ〉へと向かった。わたしの仕事場の東は日本生命の駐車場になっていて、その隣は大濱という表札の家。次は石垣家。今、其処《そこ》の桜が盛りを迎えている。

いつも木の下のテーブルで数名が酒を飲み交わしている。

小学三年のとき同期の女の子がいて中学、高校とスポーツマンだった。酒を飲んでいるのは、亡くなった彼女の弟で彼も中学のときは野球選手。わたしより四、五歳下になるか。年中、自転車が数台止まっていて、土木工事関係者なのか無精髭《ぶしょうひげ》の男たちの酒盛りが。今日もその最中だが、満開の桜の下だといつもと違い華やかに感じるのが不思議だ。

ギャラリーカフェ〈あお〉、〈すし太郎〉を過ぎ、〈ファミリーマート〉のところで、立ち止まり、ビルの一、二階が海鮮居酒屋と海人めしの〈源《げん》〉を見上げ、信号機が青に変わるのを待ちつつ、ひょうきんな「きいやま商店」メンバーたちの珈琲コマーシャルを思い出したりする。此処《ここ》の信号機は元崎山里秀さんの店で現在は砂糖てんぷら《サーターアンダギー》を売っている〈さよこの店〉西とは違い、苛立《いらだ》つことはない。

　横断歩道を渡り、婦人服の〈しいな〉を横切り、さいきんオープンした靴修理や傘修理の店とか石垣に定住している本土からの方が営む小さな店を横目で見ながら、根間楽器だったビルの前を歩くと、ドラゴンフルーツ果実で造った大理石アイスクリームを販売する店が。これはドラゴンフルーツ生果の中身が、白の果肉に黒いつぶつぶの種《たね》があって大理石を思わせるからだろう。柔らかさに堅いイメージ。いずれにしても地元の人には思いも付かないネーミングが面白い。

　格安航空のせいか絶えない観光客とすれ違いながら歩く。

　向かいの歩道沿いには島唐辛子《しまとうがらし》を用いたラー油でたちまち有名になって財をなした〈辺銀《ぺんぎん》食堂〉前に予約待ちの客が。経営者は中国出身で、奥さんは本土の方。やり手夫婦のサクセス・ストーリーが映画になっていたものの、一度も入ったことはない。バカにされるかも知らないが、ラー油というのはわたしの頭の中では餃子《ぎょーざ》を食べるとき醤油に垂《た》らすものとしかインプットされてないからだ。こんなにも賑わっているのが理解に苦しむ。マグロが飛び跳ねている青いネオンの居酒屋、海人料理〈結《ゆい》〉の隣が〈おでんモリ〉だ。

　さいきん、赤提灯を一つ下げるようになった。

　同業者の〈一力《いちりき》〉に遠慮していたのか、あるいは〈一力〉が下げなくなったからか。

また は二代目の秀喜にもようやく商売気が出てきたのだろうか。

提灯を見つめながら、ガラス格子戸を透かして店内を見る。

いつもの席に玉城辰夫《たましろたつお》がすでに座っている。入り口の四人席をわたしは必ず予約を入れてから通っている。だから、店内がガラ～ンとして誰も居ないときは、いささか気恥ずかしくなるときも。

彼はわたしが桜見散歩のとき、仕事場の北側、料亭〈東雲《しののめ》〉のあった向こうの桜、〈なぎさ荘〉屋敷裏の桜を「こんなところにもあったのか……」と覗《のぞ》いていると、大工仕事の材料を積んだ軽四輪の貨物車を停《と》めて声を掛けるも、わたしはしばらく無言で桜に見入っていた。


これまで、朝五時に起床、散歩のあと、仕事場へ立ち寄りバイクに乗って帰り、食事を済ませ、再びバイクで仕事場まで通っていたが、今年はインフルエンザ流行の兆《きざ》しもあって、十二月から散歩を止め、五時まで読書に耽《ふけ》り、食事のあと十時半起床、十二時頃から歩いて通うようにしていたところ、たったふた月で体重が三キロも増えてしまった。これでは、何のために、〈おでんモリ〉で数年間も冷《ひ》や奴《やっこ》ばかりとっていたのかと溜息をつく。

とにかく、これ以上体重が増えるのをセーブしなくては……。

しかし、一月の十日くらいから咲き始めた家々の寒緋桜《かんひざくら》を見ながら歩くのは心地よいもの。

いつもバイクや車から見ていたのとは違い、メジロが密を吸っているのを見上げては、清々しい気持ちにさせられる。花芯《かしん》をふくめ全体が鮮やかなピンクに花びらがいくぶん白みがかったもの二種類がある。思うに鮮やかなものは、数十年前から市役所が無料配布する苗木のせいではないか。白みがかったものが昔の家に咲いていたものに違いない。素封家《そほうか》とか、元校長宅とか、公務員が二、三代続いて安定した歴史をもつ広い屋敷の木は枝振りもよく素晴らしい眺めだ。

この、定着する大きな寒緋桜のほとんどが、かつて日本の占領下であった台湾からのものだと考えるがいかがなものだろうか。

わたしたちの小学生のころ、桜は天皇の御真影《ごしんえい》が納められていたという奉安殿《ほうあんでん》の前で見掛けた。そして数ヵ月後の卒業式には沖縄を代表する深紅のデイゴの花が咲いていた。

さいきんまで、大和の桜と比べて見るのも馬鹿馬鹿しかったが、どういう心境の変化だろうか。六十も半ばを過ぎるとこれはこれで美しいものとして受け入れられるようになっている。

「しづ心なく花の散るらん」の百人一首や「花のもとにて春死なん」と詠《よ》んだ西行法師の桜狂い、一方では「うらうらとのどけき春の心より　にほひ出でたる山ざくら花」（賀茂真淵）「敷島の大和心をひと問はば　朝日ににほふ山桜ばな」（本居宣長）など、あるいは谷崎潤一郎の「細雪《ささめゆき》」や「少将滋幹《しげもと》の母」にあらわれるさくらの伝統美は忘れがたい。

桜を見ていたとき、声を掛けていた玉城辰夫《たましろたつお》のところはもともと沖縄本島の糸満。漁師《ウミンチュ》だったかどうかは知らないが、彼で三代目になるはずだ。わたしの仕事場から三つ南へ下って左へ行ったところだ。元の海岸線の一つ北になる。大工をしていた彼のお父さんが自転車の荷台に工具箱を乗せて横切っていくのを見掛けたものだ。わたしの小学校から中学一年に掛けて、漁師《ウミンチュ》たちは新正より旧正月のほうを盛大に祝っていた。護岸近く大漁旗が北風にパタパタはためいていた。八重山に入って来た漁師の古くが一二五年くらいだから五世代か四世代だ。

笑いながら、「今日は旧正だけどどうなるう?」との、彼の問いに「どうもこうもないさ。いつもの通り規則正しくだなァ」と応えていたのだった。

彼の後ろ姿を見ながら、格子《こうし》のガラス戸を左へ引く。

すでに泡盛がならべられ、水に氷や銀の灰皿も。

玉城が「玉の露」をグラスに注いで飲んでいる。

タバコを喫わない彼のまえで煙を吐く。

わたしの喫煙は酒と切っても切り離せない。

ヘビースモーカーゆえに喫っているときはじっと相手の話を聞く。

だから誰と飲んでも聞き上手のつもりだ。

準備された小さめのコップに泡盛を注ぐ。これは習慣だが、普通のコップだといくらか重たく感じるからだ。

三〇〇円の冷《ひ》や奴《やっこ》にスクを乗せたものが運ばれてくる。塩分の取り過ぎは気になるものの、小さくて愛くるしい魚を、豆腐《とうふ》に乗せて眺めながら口に入れる。噛むと、口内に、頭や、鰭《ひれ》のぎざぎざをかすかに感じさせる。奥深い味が泡盛とよく合う。これは先人の知恵だ。ところが、終わり近く、スクがいくぶん不足気味で豆腐だけになって寂しくなるのが不満と言えば不満。初めのうちは秀喜にスクをあと三匹くれと懇願《こんがん》していたがこのところ遠慮するようになった。

手に取った泡盛のラベルがいつもと違う。「第13回石垣島マラソン」という文字を、白一色で、イカ、マンタ、ヒトデ、サンゴ、ウミガメ、イソギンチャク、エンゼルフイッシュなどの熱帯魚が輪になって囲んでいる。これがバックの湾内や島影から蒸発していく気泡や雲みたいで、つぎ込む泡盛が水っぽく感じる。酒に弱いわたしでさえこのような思いに駆られるから不思議だ。やはり「八重泉」というシンプルなラベルでないとどうもいけない。

四つ下の玉城は、ときおりマカロニ・ウエスタン『夕陽のガンマン』に共演していたリー・バァン・クリーフみたいな、しかし白くなったヒゲをなでつつ、旨そうに飲んでいく。

彼に会う前の、三時から四時にかけて見ていた桜の話になる。

一月の上旬、前のICTケーブルテレビ西十字路ちかく、南に見えていた小振りの二本の桜や、村山信夫《むらやまのぶお》のところはもう葉桜になっているが、北の渡久山長輝《とくやまちょうき》さん宅の桜が満開だったことを話し、昨日《きのう》は四号線の〈いしなぎ屋〉西十字路を左へと折れ、西へ向かい歩き、元の沖映館西の縦通りを、むかし市村商店があった建物南の、〈さんご〉という丸い看板を見上げ歩いていると、突然、石堂《いしどう》徳一《のりかず》が飛び出し、わたしの名を呼ぶのでそこの店へ入り、コーヒーを奢《おご》ってもらった。

そのとき、何十年に一度という桜を見ながらの散歩を話した。

一時頃のことで彼は昼食をとっていた。

わたしは四五人しか座れない、ほんとに小さな店のことを、玉城に話したあと、「座れるかどうか確かめるために先になってるから、ゴーヤーチャンプルーを残さず食べてこい。たぶん君好みの店だはずだから」、と話すとその店、〈さんご〉へ向かう。西表信甫《いりおもてしんぽ》さんの家近くになるので、酔った足には思ったより遠い。しかも幾らか坂。それでも足早に〈うれしい〉〈K－ｈｏｕｓｅ〉を過ぎ、前方に目を懲《こ》らし歩くもたちまち気落ちする。丸い看板は掛かってなく、ライトアップの電灯が暗がりに二つ向き合ってあるばかり。これで看板があれば外して円盤投げのように、石堂宅まで投げ飛ばしたい気持ち。

溜息を付き、少し下った渡嘉敷《とかしき》宅の桜を眺めていると、石垣にくらべ宮古は桜への関心は薄いよ、と話していた先輩の言葉をふと思い出しながらも急ぎ足で下る。

〈うれしい〉の店あたりに差し掛かると、影法師みたいに玉城が歩いてくる。彼は叶《かな》わなかったのを悟《さと》る。しょうがないので〈うれしい〉の扉に手を掛けると「タケモトさん、今日は割り勘でいきましょう」と言い放つ。

（そういうわけにはいかない。彼から二度にわたって台湾バナナと大根をもらっている）

思い切って扉を引く。

シーンとしてテレビを見ていたカウンターの冨永《とみなが》さんが振り向き、わたしたちを見ると「引き継ぎが来た」と、つぶやき、そそくさと帰る。

ママが厨房から出てくる。

「あら、まあ、久し振り。今年になって初めてじゃないの」

と話す客のいない店で、「〈さんご〉が休みだったから」とは言えない。「はい、ビールでも飲みなさい……」とつぶやく。ママは話を聞いてくれる客が訪れると俄《にわか》にテンションが上がる。わたしは一昨年入れ歯を忘れたことがあるので、言葉少なにならざるを得ない。代わりに玉城が島における難しい男女間の話題をていねいに応じる。癇《かん》にさわる彼の高笑いを聞いているうち、今年に入って初めてのはしごであるわたしにもエンジンがかかる。でも、カラオケは唄わない。そのうちカウンター常連客が入って来たので、冨永と同じ気持ちで〈うれしい〉を後にした。

どうもこのまま帰れない気持ち。

〈〈さんご〉の彼女は本土の娘《こ》で、若くて、顔やスタイルもまあいい。わたしはもうそういう歳ではないものの、十数年前に連れ合いを亡くしている玉城はまだ若い。これから石堂のように利用することも考えられる。彼はジャズが好きだと訊《き》いているから客のいないときは饒舌《じょうぜつ》になるだろう。とにかく、せっかくの機会《チャンス》を逸《いっ》してしまった〉

無言で歩いているうち、とうとう〈一力《いちりき》〉の前まで来ていた。

わたしたちは立ち止まり、顔を見合わせたあと暖簾《のれん》をくぐった。

シゲーこと上原重良《うえはらしげよし》と真玉橋政始《まだんばしまさし》がカウンターの西端に。

視線が合うもカウンターは一つしか空《あ》いてない。

仕方なく、入り口右の四人席へ座る。

六ヵ月ぶりの店内を眺める。

変わっていることといえば、細長の店内に二つの梁《はり》があり、槇《キャンギ》に似た直径七センチくらいで磨きのかかったまるい細柱が梁《はり》を支えていることだ。それにあと一つ、センスのいいテーブルクロスが。

昨年から実質的な値上げのためか不満たらたらな奴がいた。

だが、値上げの理由も解らないでもない。

変わらないのはママと、いつも野武士みたいな顰《しか》めっ面《つら》で陣取っている重良《シゲー》だ。飲み始めたばかりなのか政始《マッシー》は重良《シゲー》の影となって一番端っこにいる。

四人席で飲みつつ、六ヵ月前は喜舎場健升《きしゃばけんしょう》に玉城の三人で入ったのが脳裏をよぎる。そのとき向かいに、同期会帰りの男女たちが。その向こうは本土の客で満席になっていたのを思い出していると、カウンターの杖《つえ》の男が挨拶をして帰ったあとしばらくして、スキンヘッドの重良《シゲー》が「シンユウお前の頭も政囲《セイちゃん》みたいに白いペンキ流したみたいになったなァ！」と声だかに投げかけてくる。

（ペンキ？　あがやぁ、もう少しいい例えはないのか……でも、まぁ、ああいう人だからしょうがない）

適当に笑顔を返していると、わたしの背にドアの引かれる音が。

本土の方で女を交えた四人客の一人が片足を入れ、店内を見渡し、帰ろうとするから、わたしたちはカウンターに移る。

しばらく話していて、杖男《つえおとこ》の相手をしていた黒ずくめで話の出来そうな女も席を立ったあとだった。

戸の隙間から中を覗《のぞ》いている奴がいるなぁ、と玉城に目をやったとたん、ガサッと音がして、「おっ、シンユウ！　お前がいるから入ったよ。久し振りだなあ。元気だったかァ」オーバーな物言いで、崎枝孫芳《さきえだまごよし》が入ってくる。わたしは、コッポラの『ゴドファーザー』に出演していたジョン・カザールに似た同期のこの男が好きだ。

何より会話の楽しみがある。

たちまち二十三歳から二十六歳の頃までのことが甦《よみがえ》る。

　あのころ教育委員会西のスナック喫茶〈リスボン〉が、たまり場だった。

　その店は役所の職員が多かった。池村光夫、小浜用純、池城安則、宮良賢龍、役所の臨時から八重山日報の記者になった村山信夫など、常連の顔がつぎつぎ浮かんでくる。

　わたしたちが二十六歳の一九七四（昭和四九）年は、こんな年だった。

　石垣島では革新共闘推薦の内原英郎が市長に。精神薄弱者厚生施設「おもと学園」開所。県立図書館八重山分館落成。

　ウォターゲート事件でのニクソン大統領が辞任。

　那覇・石垣間にダイヤル通話が開始。

　八重山と宮古にＮＨＫのカラーテレビ放送が開始される。

　第二次田中（角）内閣のあと、三木内閣の発足。

　ＮＨＫ朝の連続テレビ小説は「鳩子の海」で、大河ドラマは「勝海舟」だった。歌では「うそ」「襟裳岬」などが流行っていた。

　孫芳《マゴー》は、沖縄青年同盟による国会爆竹事件翌年の一九七二（昭和四七）年に東京で金城朝夫《きんじょうあさお》を中心とした南島会《ぱいぬすまかい》に真久田正《まくたただし》ら十数名と加わっていた。〈三木おみやげ〉隣りの喫茶店〈ラメール〉で求めた機関誌「南風《ぱいかじ》」創刊号には彼の次のような詩がある。

血の涙

日兵虐殺　忘るるなかれ！
日兵虐殺　忘るるなかれ！
菊のほほえみの奥に
陰陰と息を秘める　残忍の刃
陰険な目ン玉の中に　シワのない奇妙な笑い

血の涙を喰らいながらも生き永らい
日兵虐殺　忘るるなかれ！

今に来る筈のきっと来るそのいつかには
菊のほほえみのいやらしい青っ面に
　怨念の血の涙　を塗りたくるまで
オキナワよ

日兵虐殺　忘るるなかれ

過激な彼も島に帰って来ては、当然のこと、酒で憂《う》さを晴らすしかなかった。機知の利《き》いた会話にたえず終始する。多少オーバーなリアクションの彼と飲むのはとても楽しかった。だが、わたしはすでに結婚して子どももいて名ばかりだけど小さな会社の管理職ですらあったから、ハメも外せず、早めに切り上げていた。

彼は職場の仲間や組合のメンバーたちと飲むのに忙しかった。遅い時間から〈リスボン〉に来るときもあったようだ。ルポライターとなった友寄英正《ともよせえいしょう》（金城朝夫）さんに似て、〝昼は革命、夜はロマン〟の人だった。そのころモスグリーンの乗用車を購入していた。新築の〈リスボン〉が、オープンしたてのころ、店の名にふさわしいものといえばポルトガル風の布壁だった。レコードはポールモーリアとセレナードだけを収めたもの、二枚しかなかった。それでも熱心に通ったのは美人とはいえないママの人の良さが魅力と言えばいえば魅力だったといえるだろう。村山信夫の奥さんになるマリアという女性を紹介されたのもそのころである。

数年が経《た》った頃、ある女性が働くようになった。

これが、登野城小学校三年生の同じクラスだった貝盛鶴子《かいもりつるこ》さんだった。垢抜《あかぬ》けした彼女は、映画や音楽、それに文学の話題が好きだった。映画を観たといって、彼女の買ってきた「かもめのジョナサン」サウンドトラック版のA面B面を何度も聴かされる。群れには加わらず、自由の、真の意味を求めて、ひたすら飛行技術の習得にあけくれるジョナサン。愛と夢と幻想を描いたリチャード・バックの、カモメがしゃべっていた寓話がよみがえる。

わたしは迷訳と揶揄《やゆ》されていた五木寛之訳を読んでいた。

さっきまでいたママが二階へ上がったのか、いなくなると、

「タケモトさん、ウチ、この店、今月までなの。来月、國際通りの松尾にある、國際プラザホテルで働くことになったの。ホテルの一年生は皿洗いからなのよ。手は荒れ、くたくたになるらしいのよねぇ。でも、ここでタケモトさんといろんな話が出来て、ウチ、とっても幸せだったわ。ほんとよ……」

寂しそうに話しかける彼女にわたしは言葉を失った。

数日後、店に行くと彼女はやはり辞《や》めていた。

ママが頑張ってはいるものの、彼女の居なくなった店はそれこそ灯りが消えてしまったようだった。みんなもそれを感じているはずだが誰一人口にするものはいなかった。

ところが、いくつかの台風が通り過ぎて新北風《ミーニシ》が吹き出したころママから意外な話を聞かされる。

鶴子さんがひっそり帰って来ていると。

それもお目出度だという。

わたしは相手の名を聞かされ耳を疑った。

孫芳《マゴー》だった。

カウンター隣の孫芳はこんな出来すぎた話をわたしにプレゼントしていたのだった。

あれから四十年の歳月が流れている。

彼は書くことはしなくなっているが、今でも気持ちは文学青年でときどきわたしの作品批評をしてくれる。

今日は金曜日なので店は混んでいる。

「〈ゆいホール〉での小浜用純の葬式に〈リスボン〉のママを見掛けたが、容姿の変わらない人だなぁ」との話に孫芳が直ちに反応する。

「そういえば今日はママの旦那さんの〝四十九日〟なんだよ。俺はこれから行くんだけど」

驚いたわたしは、近くの〈ココ・ストァ〉へ行き、御霊前袋を求め、玉城へは事情を話し、数十分後に〈リスボン〉へと向かった。

わたしは直ぐに二階へと上がるのに孫芳は裏口から店に入るので、二階の玄関の見える隅っこで待った。様々なことがよみがえる。一度は其処《そこ》の家で紅白歌合戦を見てそばをご馳走になったことがあった。渡哲也が「くちなしの花」を唄うのが目玉で話題になっていた。これは彼が病気で大河ドラマ「勝海舟」を降板したため、全国のファンへお詫びを兼ねての出場であった。歌も単純で唄いやすいものなので口ずさむことがある。

〈玉城へは悪いことをした……〈一力《いちりき》〉では香典を包んだため彼に金を出させることに。それにしても今日が七七忌最後の四十九日だということは、一月三日に亡くなっていることになる。だとすれば四日か五日の葬儀。それだと仕事始めでもあり葬儀は寂しいものであったのかも知れない……それはそれとして、孫芳はわたしを忘れているのではないか……〉

葉桜になっていた村山信夫の、北側の渡久山長輝《とくやまちょうき》さんの桜が満開だった。その二日ほど前、わたしは裏通りとなる慶田城實《けだしろみのる》さんのところから西へ前津武《まえつたけし》さんの家やマンゴーの木のあった糸数家のまえを歩いていた。渡久山宅の屋敷は落ち込んでいるため、赤瓦の家が見える。小学校六年生のころ、〈リスボン〉のママ家族が住んでいるのを、今はない石垣沿いのセンダンの樹からセミを捕るため登ってて見下ろしていた。これは飲んでいるとき、渡久山の裏座を借りていたことを聞かされたことで、思い出したのだった。ママが話すには「あのころは宮古から来て夫婦で砂販売をしていて、何が何だか分からず、ただ、がむしゃらに働いていた毎日だったさァ」と話していたのだった。

孫芳《マゴー》の靴音が響き、上がってきたので、玄関をノックする。

娘二人と、ママさんが迎える。わたしは新聞の「告別式のお知らせ」を見落としたことを詫びると、焼香をして、八十四で亡くなった上地進さんの遺影を見る。（ママとは不釣り合いなほどハンサムだ）これは初めて〈リスボン〉で飲み交わしたときと変わらない感想だった。そのころだと生コン工場の役職をしておられ、温厚なうえにもゆとりのようなものを漂わせていた。やがて風呂《ふろ》上がりの息子さんが現れる。これが父親そっくりなので驚かされる。あの頃、小学六年生くらいだった努《つとむ》くんが父親と同じ歳《とし》くらいになっている。でも、父親の容姿がいくぶん勝っていた。ママ（正江さん）に体育着姿が印象に残る娘の里美ちゃんやめぐみちゃんをまじえ、いろいろ昔の雑談をしたあと、上地家を後にする。〝四十九日〟であったのがわたしには助かった。息子たちがメンバーの「きいやま商店」の歌声がながれてくる〈リスボン〉裏口から再び入る孫芳《マゴー》に感謝しながら歩きつつ、建物の角でタバコに火を付け、深く喫い込む。雲の切れ目からはいくつかの星々が瞬《また》いている。若き日とはすっかり変わり果ててしまったが、心はいつも、あの、ジョナサンでありたい。

沖縄の寒緋桜《かんひざくら》から始まる縦に長い日本列島の桜前線は、四ヵ月後に釧路《くしろ》の開花で終える。

翌日、息子が桜の苗木《なえぎ》を持って訪れた。

なんでも、長男誕生の記念にしたいのだと話す。

たくさん花を付けるように日当たりのいい、駐車場近くに植えることとした。そのときまで生きておれるかどうかは分からないけれど、成人式を迎えた孫に息子とわたしの三世代が、澄み切った青空に映える寒緋桜《かんひざくら》を仰ぎ見ている二十年後を想い描《えが》いた。

＊文中、五木寛之訳が〝迷訳〟と揶揄《やゆ》されていた、と書いたのは、当時、政治漫評のような一コママンガが『週刊読書人』に載っていたことによる。「かもめのジョナサン」の「解説」に、〈これはいわば創作翻訳＝創訳というべきもので、小さな部分は自由に日本語に移しかえる姿勢をとった〉とあることからも窺《うかが》える。ひところ、シドニー・セルダン著作の〝超訳〟が週刊文春で話題になったりしたが、わたし個人としては五木寛之訳を名訳としたい。

＊本書収録の作品中、一部、差別的と思われる表現がありますが、作品の時代背景を考慮し、そのままにいたしました。

〈初出一覧〉

Ⅰ

【鵯《ひよ》が啼《な》く】（1994・6・1　「情報Ｊａｉｍａ」六月号）
【ロビンソン・クルーソー】（1992・6・23　沖縄タイムス「古典と私」）
【はるかな町】（1994・10・14　琉球新報『晴読雨読』三木卓「はるかな町」）
【鼻血にまつわる話】（1990・4・18　八重山毎日新聞、創刊四十周年記念「日曜随想特集」）
【髭《ひげ》】（2002・8・6　「邂逅」第十四号）
【語りかけるもの】（1989・1・1　八重山毎日新聞巻頭エッセイ「草花は語りかける」改題）
【八重山文学活動（小説）の軌跡―『座標』同人を中心に―】（1995・1・1　「情報Ｊａｉｍａ」1月号）
【石盛さんとのこと―句集『逆光』に寄せて―】（1994・2・21　八重山毎日新聞）
【ポニーのころ】（1994・9・1　石垣市立図書館だより「南風」第21号）
【風の歌を聴く】（1992・8・12　八重山毎日新聞）
【怒りの孤島】（1991・7・12　沖縄タイムス『唐獅子』）
【私の寄留商人《きりゅうしょうにん》】（1991・8・9　沖縄タイムス『唐獅子』）
【一瞬の父史】（1991・7・26　沖縄タイムス『唐獅子』）

【ブラジルの青空】（1991・10・4　沖縄タイムス『唐獅子』）
【蜥蜴《とかげ》】（1991・11・28　沖縄タイムス『唐獅子』）
【丸刈りゲーム】（1991・12・13　沖縄タイムス『唐獅子』）
【二十歳に民宿で】（1991・8・23　沖縄タイムス『唐獅子』）
【童謡】（1991・9・6　沖縄タイムス『唐獅子』）
【想い出まくら】（1991・12・24　沖縄タイムス『唐獅子』）
【兄の自慢】（1991・11・1　沖縄タイムス『唐獅子』）
【母】（1991・9・20　沖縄タイムス『唐獅子』）
【キネマの快楽】（1991・11・15　沖縄タイムス『唐獅子』）
【バラのつぼみ】（1991・10・18　沖縄タイムス『唐獅子』）
【ペス】（1987・2・12　八重山毎日新聞「ペスの声を聴く」改題）
【結び】（1976・3・4　琉球新報『落ち穂』「八重山の結び文化」改題）
【マッチ箱】（1976・3・19　琉球新報『落ち穂』「燐寸」改題）
【子どもの遊び】（1976・4・15　琉球新報『落ち穂』）
【八重山の伝承遊戯】（1976・4・29　琉球新報『落ち穂』）
【石垣と西塘《にしとう》】（1976・5・15　琉球新報『落ち穂』）

【仮面《ペルソナ》】（1976・5・29　琉球新報『落ち穂』）
【はだしのゲン讃歌】（1976・6・13　琉球新報『落ち穂』）
【はるかな鈴の音、民話】（1976・6・27　琉球新報『落ち穂』）
【現代コマ割り演歌】（1976・7・11　琉球新報『落ち穂』）

Ⅱ

【タマゴ・ラプソディー】（2000・8・20　「月刊ゆう」九月号）
【「少年の橋」のこと】（1989・6・1　「環礁」創刊号）
【八重山カーブヤー】（1975・10・26　沖縄タイムス『茶のみ話』）
【シャクシメー】（1975・11・7　沖縄タイムス『茶のみ話』「八重山シャクシメー」改題）
【原始凧】（1976・1・6　沖縄タイムス『茶のみ話』「八重山の原始ダコ」改題）
【おじさんの凧】（1984・1・1　八重山日報「ふしぎな凧絵師」改題）
【ハイビスカスと仏桑花《ぶっそうげ》】（1976・2・22　沖縄タイムス『茶のみ話』）
【ホタル】（1976・3・20　沖縄タイムス『読者から』「若夏を待つ幼虫」改題）
【稲荷《いなり》ずし】（1999・4・30　「邂逅」第十二号）
【星空】（1978・4・30　八重山毎日新聞『日曜随筆』「金のフルートに誘われて」改題）

【南十字星を見に】（1978・4・30　八重山毎日新聞『日曜随筆』「南十字はぼくらの星」改題）
【星航海】（1978・7・9　八重山毎日新聞『日曜随筆』「星による航海術」改題）
【窓からの眺め】（1978・8・13　八重山毎日新聞『日曜随筆』）
【ロッキー】（1978・9・24　八重山毎日新聞『日曜随筆』「ロッキーへのささやき」改題）
【星虫】（1978・10・29　八重山毎日新聞『日曜随筆』「螢の話」改題）
【火の鳥】（1978・12・10　八重山毎日新聞『日曜随筆』「マンガ『火の鳥』の魅力」改題）
【皮を剥《む》く】（1979・1・28　八重山毎日新聞『日曜随筆』「君よ、高く翔べ」改題）
【風と遊んだあの日から】（2004・9・20　「八重山抒情―兼本信知画文集―」）
【サーカスの歌】（1979・3・4　八重山毎日新聞『日曜随筆』）
【なつかしい匂い】（1988・6・30　「新沖縄文学」七十六号）
【眠れる夢を焼く】（2006・12・17　沖縄タイムス『日曜エッセー　ことばの泉』）

Ⅲ

【牧野清さんの自分史】（2011・2・8　八重山日報）
【静かな樹】（2011・2・16、18、21、23　八重山日報）
【詩人たちの酒場】（2009・2・3―4　八重山日報「貘賞のころ」改題）

【三十三歳の火影《ほかげ》】（２００９・２・17―18　八重山日報）
【氷の家】（２００９・２・26―27　八重山日報）
【夢への階段】（２００９・３・28―29　八重山日報）
【甘い果実】（２００９・４・18―19　八重山日報）
【リスボンまで】（２０１５・２・25脱稿　私家版・小冊子）

あとがき

職業作家の場合、小説を書きながら、注文があって文芸誌や雑誌、新聞などに三、四枚あるいは五、六枚のエッセイを書く。石垣島などでは物語を紡《つむ》ぐ人は余りいないから、初心者がいきなり新聞に投稿というのが普通のようだ。

読んでいて危なっかしい文章もないではないが、それでも初々しい感性に接し、好感を持つ場合が多い。むろん未熟である。これは致し方ない。よく言われているように、エッセイが上手《うま》く書けるようになれば一人前だよ、とはほんとのことだ。

まず、載《の》る喜びでスタートする。

これでいい。

そうせざるをえない。

成長して散文を書くようになって欲しいと願うのだが、惜しいことに引き延ばすだけで満足している方が多い。

何故《なぜ》そのようなことを言うのかといえば、本書に収めてある「八重山カーブヤー」は、わたしが二十七歳のとき、沖縄タイムスの『茶のみ話』に初めて投稿したものだからだ。採用されれば嬉しくて、翌月「シャクシメー」を（「八重山シャクシメー」を改題）投稿、それから「原始凧」（「八重山の原始ダコ」を改題）、「ハイビスカスと仏桑花《ぶっそうげ》」、と待ちきれずに書いていった。一と月に一度の割合で活字になる喜び。それだけで充分だったのに、「ホタル」（「若夏を待つ幼虫」を改題）が、『読者から』といういわゆる『声』の欄にまわされ、腐って投稿を止《や》めたという経緯《いきさつ》がある。

担当者の話だと、これはこのほうが良いと判断しました、ということだった。たった二枚くらいのものを、テープレコーダに録音して、客観的に聞いて手直しをした情熱は今はない。

ところがどういう訳か、琉球新報の謝花敦《じゃはなあつし》支局長から、「茶のみ話で書いていたなら、コラムに向いているということだよなぁ」ということで、琉球新報の『落ち穂』を執筆することになり、多少背伸びした文章を書いていた。二十八歳で、今から考えると冷や汗ものになる。

そうこうしているうちに、八重山毎日新聞社で新たに『日曜随筆』をスタートさせるということもあって推薦され、「星空」（「金のフルートに誘われて」を改題）という、甘ったるい叙情的なものからはじまった。これまでと違い、だいたい四枚で一年間つづく。このときも大して蓄積もないのに何とかこなした。三十歳のときで、同人誌の仲間になり小説らしきものを書き始めていて、書ける人で知れわたる。街で出会うと、「読んでいるよ！」と声を掛けられる。穴が在《あ》ったら入りたいとはこんなことをいうのであろう。

自覚して書いた沖縄タイムス『唐獅子《からじし》』の、「怒りの孤島」というエッセイからは、自分自身の節目の、「鳳仙花《ほうせんか》」（「沖縄、ホウセンカ」に改題）という小説の後だったこともあって、周りも驚くほど対象を突き放して書けた。

四十三歳になっていた。

このときから六年を遡《さかのぼ》るころ、『座標』同人のメンバーである新垣義昭《あらかきよしあき》さんや石盛利男《いしもりとしお》さんが那覇から引き上げて来ていて、四号五号と立て続けに発行して、注目を浴びていた。わたしより六歳ほど年上で大人の面々だった。彼らはわたしが高校一年の東京オリンピックのころ、創刊号を出している。

三号の「編集室から」には次のように書かれている。

〈十数年前二十そこそこの私達は田舎の片隅で、この「座標」という文芸誌を作った。出来上がった二百冊余のものを自転車に乗せて印刷屋から町へ繰り出した。空には夕焼け雲が一面に広がっていた。小さな町を私達は全く乗っ取った感情で一ぱいだった。人々は私達を英雄にするはずであった――が、しかし、そうではなかった。〉と、いかにも若者らしい石盛さんの文章を、誰からか貰った三号で読んでいたのだった。

会おうと思えばすぐにでも会えたはずなのに躊躇《ためら》っていた。しかし、四号に載った石盛さんの「湿地帯より」という私小説と思われる胸打つものを読んだあと、即刻電話を入れる。石盛さんと新垣さんがみえる。

それからというもの、わたしたちは機会あるごとに安い酒場で飲んだ。でも、二人とも酒に強かったのでだいたい途中から逃げていた。

二人には暗い影があった。

飲み方にしても過去を引きずっているのが分かるのだった。

こんなことも、わたしの失業で途絶えたものの、今度は三人とも人生に傷ついたもの同士で、互いをいたわり、その後も何とか交流を続けさせてもらっている。もしも、二人が居なかったどのような生き方をしていたのだろうかと考えるときがある。だから彼らに特別の感情を持っている。その頃のことは本書収録の「八重山文学活動（小説）の軌跡―『座標』同人を中心に―」や「石盛さんとのこと―句集『逆光』に寄せて―」を読んでもらえれば分かると思う。

エッセイの発表はだいたい八重山毎日新聞社であったが、沖縄タイムスの「眠れる夢を焼く」を境《さかい》に八重山日報へ書くようになった。

それには訳がある。

エッセイは一冊で収まると考えていたが、どだい無理だった。それで、まずは『鵯《ひよ》が啼《な》く』

からとし、『卍《まんじ》の終わり』『青いヤシガニ』『アンガマ奇譚』『蛇皮線』の順にする。

それで再度『鴨《ひよ》が啼《な》く』の編集をやり直すも、何かが足りない気がするので、新たに「牧野清さんの自分史」「静かな樹」「詩人たちの酒場」（「貘賞のころ」を改題）「三十三歳の火影《ほかげ》」「氷の家」「夢への階段」「甘い果実」「リスボンまで」を書き加えることとした。

これらはみな長めのエッセイで八重山日報社へ集中して載せたものになる。

後半を盛り上げるように力を込めて書いた粒ぞろいのつもりだ。

そういうこともあって、二十七歳のときから六十六歳まで、三十九年間分のものが収録されることとなったが、充分に楽しんで読んでもらえるものと確信する。


（2011～2014）

二〇一九年四月一日記す

竹本真雄（たけもとしんゆう）プロフィール

一九四八年沖縄県石垣島生まれ。八重山農林高校卒。一九七八年、新たにスタートした八重山毎日新聞「日曜随筆」メンバーに。八二年八重山毎日新聞新年号に「少年よ、夏の向こうへ走れ」を見開き一挙掲載。八八年同人誌「薔薇薔薇」編集人。九〇年「鳳仙花《ほうせんか》」で第18回琉球新報短編小説賞佳作。九九年「燠火《おきび》」で第25回新沖縄文学賞受賞。二〇〇〇年他人名義の「大濱永丞私史—八重山『濱の湯』の昭和—」が第3回日本自費出版文化大賞受賞。〇二年「犬撃《う》ち」が第19回織田作之助賞最終候補に。〇八年沖縄タイムス夕刊に〝県内作家シリーズ〟として「黒芙蓉《こくふよう》」を連載。

その後、地元の新聞八重山日報で、脈々と受け継がれる八重山人《ヤイマピトゥ》の雰囲気《フンギ》や気質、あるいは合衆国といわれる石垣島の人間模様を、さまざまな角度から照射を試みるエッセイを立て続けに発表していたものの沈黙。一四年以降、手作り小冊子に載せた作品を数人の読者へ配布。

二〇一五年『燠火《おきび》／鱗啾《りんしゅう》』が〝タイムス文芸叢書〟として沖縄タイムス社から。一八年『猋風《ひょうふう》』を同社より。一九年第53回沖縄タイムス芸術選賞・奨励賞受賞（小説）。一九年『少年の橋』を沖縄タイムス社から。

鵯《ひよ》が啼《な》く

竹本《たけもと》真雄《しんゆう》

二〇二〇年四月一五日　発行
発行人／竹本真雄
発売元／沖縄タイムス社
印刷所／光文堂コミュニケーションズ
表紙絵／比嘉武史

ISBN978-4-87127-697-9 C0095

竹本真雄の本

『燠火／鱗啾』タイムス文芸叢書03　本体700円

【収録作品】「燠火《おきび》」（第25回新沖縄文学賞受賞作）「鱗啾《りんしゅう》」

『猋風』本体1700円

【収録作品】「犬撃《う》ち」「黒芙蓉《こくふよう》」「山羊《ピピジャ》パラダイス」「石《たま》、放つ」「猋風《ひょうふう》」

『少年の橋』本体1700円

【収録作品】「少年よ、夏の向こうへ走れ」「少年の橋」「黒い森から」「さようなら、夏の匂い」「中国《チャイナ》服の少年」「沖縄、ホウセンカ」